U0947492

我的美丽乡愁

黄惊涛 编

SPM 南方传媒 花城出版社
中国·广州

图书在版编目（CIP）数据

我的美丽乡愁 / 黄惊涛编. -- 广州 : 花城出版社，2023.4
ISBN 978-7-5360-9971-5

Ⅰ. ①我… Ⅱ. ①黄… Ⅲ. ①散文集－中国－当代②诗集－中国－当代 Ⅳ. ①I217.1

中国国家版本馆CIP数据核字(2023)第053150号

出 版 人：张　懿
责任编辑：林佳莹
责任校对：衣　然
技术编辑：薛伟民
封面设计：林　希

书　　名　我的美丽乡愁
　　　　　WO DE MEILI XIANGCHOU
出版发行　花城出版社
　　　　　（广州市环市东路水荫路 11 号）
经　　销　全国新华书店
印　　刷　佛山市浩文彩色印刷有限公司
　　　　　（广东省佛山市南海区狮山科技工业园 A 区）
开　　本　787 毫米 ×1092 毫米　16 开
印　　张　13.5　1 插页
字　　数　160，000 字
版　　次　2023 年 4 月第 1 版　2023 年 4 月第 1 次印刷
定　　价　59.00 元

如发现印装质量问题，请直接与印刷厂联系调换。
购书热线：020-37604658　37602954
花城出版社网站：http：//www.fcph.com.cn

我的美麗鄉愁

二〇二三年春

平陽

序

因为美无非是
我们恰巧能忍受的恐怖之开端，
我们之所以惊羡它，
则因为它宁静得不屑于
摧毁我们。

这是绿原先生翻译的里尔克诗歌《杜伊诺哀歌》中的几句。如果乡愁是美的，我以为这断章摘句引来的里尔克所写的美，它就包括了乡愁之美——既是我们恰巧能忍受的恐怖之开端，又宁静得不屑于摧毁我们。

我曾经写过不少有关乡愁的诗歌和散文，用韩东的话说——它们是我乡村生活中“温柔的部分”，鲜血与鲜花混合的美，时间与河流交织的哀伤，成长期的苦闷和中年传说时代的困倦，都因为需要一片内心的沃土来接收漫无边际的洪流而恣意倾泻，仿佛语言的风暴。故乡，故土，故园，故人，故事——它们中的任何一个词条，只要你看仔细些，再仔细些，无一不是一道关上了又随时可以推开的宫殿大门，进去，就是一个王国，就是一个温柔乡或古战场。沉湎与发现，迷失与重生，爱与恨，由此惊醒的万物，它们就像逃亡的皇帝遗失在山河间的玉玺、文书、嫔妃和将军，一物，一人担负着的全是天大地大或惊心动魄的时间果报。写，不写，写，恶狠狠地写，梦呓般地写，字都是用你的肉做成的，有着你血流的方向和骨头的温度。

写下的文字，约等于另建一个故乡，一如建通天塔，不会有竣工的日子。但随着时间的流变，关于故乡的写作，我渐次又有了新的认识：回首的，走回去的那一部分，也许我们只能用它去重现或发明记忆，以乡愁、美酒、亲情和故旧继续延展我们天堂般的过去时光，而关于故乡的书写，核心则是对“未来故乡”的塑造——它是未知的，温度尚未到来，理想还没有成形，需要我们用一万种有关故乡的想象和观念去落实它，使之存在于我们未来道路的尽头。它是明日之城，是乌托邦，是我们灵魂狂欢的国度。

祝贺《我的美丽乡愁》一书出版。以此为序，敬请方家指正！

雷平阳

2023年3月于昆明

目录

散文

诗歌

散文

林中一片寂静

千忽兰

1

额尔齐斯河是我的母亲河。

伏尔加河是俄罗斯人的母亲河。

伏尔加河和额尔齐斯河，像一位丰腴且曼妙的女子的两条腰线。

额尔齐斯河自东向西，流出中国大地，进入哈萨克斯坦的斋桑湖，继续流动入鄂毕河，此时就是自南向北了，它流过辽阔的西伯利亚平原，进入北极的北冰洋。

伏尔加河与额尔齐斯河恰恰相反，它自北向南流动，最后注入里海。它们俩行走的样子就像相背而行的两列火车。

在十三世纪，伏尔加河流域是术赤的次子拔都的钦察汗国，额尔齐斯河流域是窝阔台汗国。两条河流之间的广袤大地，都是成吉思汗家族的。这广袤大地是今天的哈萨克斯坦、乌兹别克斯坦、土库曼斯坦、吉尔吉斯斯坦、塔吉克斯坦等国。

2

十二世纪中叶，山东烟台的栖霞诞生了一个孩子。这个孩子叫丘处机，天生热爱玄学，青年时代面壁修行十三年，终成为一位名扬四海的道人。

丘处机过乌伦古河，翻过阿尔泰山，往中亚（阿富汗大雪山）见成吉思汗。

他当然不知道，这茫茫准噶尔大戈壁，到了七百多年后的二十世纪六十年代，同是烟台的一位青年男子，亦在这里，金黄的大月亮下，翻山越岭来了。这位男子是烟台大地主的儿子，他不能在家乡活，便往人间角落来了。这位男子就是我的父亲。

我那来自山东烟台的父亲，是布尔津二十世纪六十年代到九十年代被众口赞美的人。

他是一个好人。人人都这么说。那就一定是。

我们三姐妹为有这样好口碑的父亲骄傲过吧。当然，是一直骄傲的。

他死去二十年了。我们即使也有过人生不如意甚至大浪席卷，依然心灵纯粹、眼睛明净——因为我们的父亲是个山东人（温柔敦厚、受儒家教育），又是个极善良的人。我们承袭了一种为人处世的风范。

我们的父亲温和、聪慧、洁净、得体，活得端方愉快，热爱美食，象棋第一，二胡精湛，善于遐思。

我对丘处机的爱，是一种极亲的感觉。现在我明白了，善者令人亲。

成吉思汗是遵守信义并求大道者，他的铁蹄和蒙古弯刀在月亮下渐渐收敛。他视丘处机为知己、兄长。

成吉思汗写给丘处机的信："神仙，你春天时离开我，现在都已经是夏天了。旅途艰辛，你吃得好不好呀？住得好不好呀？车驾咋样？到了宣德（今河北省张家口市宣化区）等地，我小弟们的安排满意不？我经常想起神仙，神仙也不要忘了我呀。"

丘处机在阿尔泰山写的诗句，那是1221年八月（6年后，成吉思汗去世）——

金山虽大不孤高，四面长拖拽脚牢。横截山天心腹树，干云蔽日竞呼号。

3

这样来说清楚新疆大地的另一条伟大的河流——伊犁河。

特克斯河是伊犁河的主脉。特克斯河发源于天山的汗腾格里峰，蒙语的意思是天父的山。腾格里是天的意思，汗是王的意思，可见这座山峰的高阔雄浑。

山下是高原的昭苏，我的朋友翅膀出生的那方草原。特克斯河从山峰上下来，就到昭苏了。

昭苏原名蒙古库热，是蒙古庙宇（清代的喇嘛庙）的意思，近代改名昭苏——昭明苏醒之意。昭苏县下辖蒙古族人集中生活的蒙古族乡，可以去踏访。

特克斯，是蒙语野山羊众多的意思。

特克斯河在伊犁大地上，自东向西，与巩乃斯河、喀什河汇合，成为伊犁河，继续向西，进入哈萨克斯坦的巴尔喀什湖。

额尔齐斯河与伊犁河，同在中国的西北，它们一条在上，一条在下，几乎平行，流向都是自东至西，像是同向而行的两列火车。

伊犁河进入哈萨克斯坦的巴尔喀什湖，就停止了步伐。额尔齐斯河流入哈萨克斯坦的斋桑湖，它继续开拔，方向改为自南向北，去北冰洋。

中国的地理特点是西高东低——天倾西北，地陷东南。黄河和长江都是大江东逝水。河向西流很少有。额尔齐斯河与伊犁河是桀骜不驯者，像两匹纵情飞奔的天马。一个的源头是阿勒泰山主峰和最大冰川——友谊峰，一个的源头是天山主峰和最大冰川——汗腾格里峰。

盛大的河水，使得伊犁草原和阿勒泰草原永葆丰茂。

4

我们在河边的草地上，那里有巨大的黑沙枣树，叶子是银白发蓝发绿的，还有巨大的歪脖子柳树，披头散发朝天飞，不是南地莺莺燕燕扭扭捏捏的垂柳。我们在草地上的树下炖鱼吃。

伊犁河里的大个头鱼，肥厚的，或者是扁的。女人们去旷野采集来野蔬，煎过的金黄焦香的鱼用现舀的伊犁河水煮。土灶台、又黑又深的铁锅、野葱、野蒜、野韭菜花，再来一大把野椒蒿。

鱼汤丰沛浓郁，你尽可以用碗盛着喝。鱼肉肥嫩。野椒蒿的香，它胜于百里香和迷迭香。

女人们还在围着灶台忙碌。发面饼在平底锅里烤熟，雪白松软，配自制的辣酱吃，辣酱的红油顺着卷紧的饼流溢出来。辣酱是红辣椒的甜味道，所以更醇厚亲和。

女人们把青辣椒穿在铁丝上，在木柴的火上烤。烤熟烤软后用手撕，一条一条，还有烤茄子，也是一条一条，它们用蒜泥酱醋汁调和好。

你就坐在这伊犁河边的草地上，树下，慢慢吃，不说话。我给你夹一大筷子椒蒿，我给你把白饼里裹上甜的辣酱。

风把沙枣树的小沙枣吹出无声的银铃般的笑。

我们什么也不说。锡伯族人什么也不说。他们的祖先清代西迁来到这里。

这里叫察布查尔锡伯自治县（我们当地人简称“察县”）。距离伊宁市很近。你去蓝墙的城里住过一晚，在清晨喝过奶茶吃过半肥半瘦的羊肉包子，就可以过伊犁河大桥，往河对岸的察县去。

察县最有名的美食是爆炒羊杂。但是我更爱河边的椒蒿炖鱼。

我也爱坐在河边的你——你在草原大风里的样子。

我们的父亲是一位美食家，他热爱千滚豆腐万炖鱼，他在二十世纪八十年代用做木工辛苦挣来的钱买来一瓶茅台酒。这瓶酒不喝的时候放进我家的木头大衣柜里。我们打开衣柜就能闻见茅台酒热烈的芬芳，是一种浓烈的花的自然香味。我们的父亲笑眯眯的样子，这一生我当然不会忘记。

5

出布尔津西大门——那里没有大门，但有一座很大的混凝土桥，一上桥尾，就表示出城了。所对着的方向是哈巴河县。

大桥的名字叫布尔津大桥。这一段水域叫布尔津河。城南的大桥叫额尔齐斯河大桥。布尔津河汇入额尔齐斯河。

布尔津去哈巴河六十公里路。哈巴河有一片很辽阔的白桦森林。它接壤哈萨克斯坦和俄罗斯。布尔津接壤的是蒙古国、俄罗斯和哈萨克斯坦。

布尔津往哈巴河去的中途，河谷里有一座铁索桥。木头的桥板，总有四十年了吧。我童年和少年时代就走过它。

后来我会梦见它。过桥进入的林地，我在梦中，在那片林地里遇见奇异的故事，比如，逃跑、马匹、黑衣的男人、树木闪动，白房子，大难不死的我。

那片林子其实很祥和，幽静。我和我少年时代的朋友把自行车停放在河谷雅丹地貌的光秃秃土丘陵上，就过铁索桥往林子里去了。丘陵上常见淡棕色的小蚂蚱和小蜥蜴。

哈萨克族人家的毡房，里面一定有奶茶、酥油、包尔萨克、奶疙瘩、果酱。我们坐在炕上，花毡上绣着花，我们斜倚着绣花靠枕，听见河水和鸟叫的声音。酥油融入奶茶，一层淡金。

我们又喝了骆驼奶、马奶。夕阳的金光让整片林子发亮，一日将尽前的林子最静谧。

坐进毡房就总是慢慢地吃着喝着。我和我少年时代的朋友没有说很多话。后来我们起身，钻出毡房。哈萨克族妇人坐在一个老树桩上，用五彩的棉线编织褡裢。

我们顺着铁索桥走回去。

有一次我们决定骑车六十公里冲入哈巴河县城。但是我们骑到三十公里的时候遇见了一个六七十度的陡坡，我们便折返回去，又回到了铁索桥那里。我们走上颤悠悠的桥板，握住巨大的锁链，布尔津河白色水花在我们脚下急急涌去。我们总是坐下来，包尔萨克蘸新鲜熬制的马林果酱和野草莓酱。

你若来，我要带你走铁索桥，进那片林子，坐下来吃着喝着，林中一片寂静。巴拉，有了你，我就觉得过往的一切都很对。

大河之间

李　晁

不晓得见过多少条河流了，只有河水清凉的记忆留在手边，是指尖上的触感，人说十指连心，那触感想必也留在心里，留在心里的事物总是不易忘记的，也许这是一种假象，可没有谁会在乎。

河水清凉，夏天里也是如此，几乎是一口深井之水，泛着寒气，放一只矿泉水瓶在水边，不需多久，水瓶上会自然凝结冰一样的露珠，仿佛冰镇过，是从镇上小卖部冰柜里取出来的，新鲜的。

这河大名叫江，乌江，是地图上的叫法，当地人却称作河，这不是对着干，也不是出于文雅，非要把江降格成河以示谦逊，而是在当地人心里，江与河并没有高下，大河大江原本是一个意思，所以理直气壮，干脆叫乌江河。奇怪的名称，是江与河都有了，兼意，自然融洽，再经过简化，就是河。而河两岸，当地居民坚持叫作江南和江北，这又是一种区分，不晓得是否要与“河南”“河北”这样的地名区分开，总之，传下来如此，江是江，河是河，又泾渭分明起来。

大河深沉，穿越播州，这是古时的称谓，如今也从了古名，数年前改县为区，还是叫播州。有一年读汤垕《画鉴》，作者简介中夹一句，“除播州教授不受”，顿觉怅然。元代士人多超逸，不会为一官半职而俯身，远涉凶险的事更不在心里，所谓“心远地自偏”，隔着时代失之交臂，也是种遗憾。

初见乌江，二十世纪九十年代，那时它正展露自己的蓬勃面貌，有歌曲为证，单位聚集区的铁皮喇叭里一遍遍放着：“我们亚洲，山是高昂的头；我们亚洲，河像热血流……”事实上，一九九〇年的北京亚运会都过去了两三年，这首歌仍飘在西南这个偏远的镇子上空，雄风犹在。

最初的记忆当然是大坝，这是镇子最为醒目的名片，你无法忽视它的存在，它就像幕布一样横亘在镇子西边的最高峰之间，看上去有些老了，水泥泛出青灰，青苔也在这样的庞然大物上找到了家。而二十年前，这一处地方还是荒野，鲜有人家，好像是从洪荒里一蹴而就，彻底披上了现代容貌。我知道自己与那座大坝的关系。时间推到二十世纪六十年代末，作为水电建设大军的一员，我爷爷随大部队从湖南过来，七千人的队伍，完全是一支雄师的规模，和所有三线单位一样，对外以数字编号示人，他们就顶着那串数字来啃这块硬骨头了。乌江渡水电站是我国在岩溶典型地区的一次大胆尝试，工程难度曾赶跑了苏联专家。一九七〇年，乌江渡水电站正式动工，十二年后建成。十二年，生肖走了一圈，这么说似没有概念；换成人，一个十二岁的毛头小子已然成长为一个二十四岁处在人生盛年的小伙子，这是怎样的脱胎换骨？

我爷爷在这里结束了他的工作生涯，因肺病早早退养乡间，我父亲从这里走上工作岗位，这里成为一个年轻人的起点，那是锋利如刀的年纪。看那时父亲照片，棱角分明的脸颊带着青涩，如新剑出鞘。等我来到这里时，偏偏倒倒，一个羸弱畏葸的少年模样，对一切还很好奇。那时工程局留守处仍有广大的地盘，数千人仍扎根在这里，加上电厂的庞大人马和不断涌入的外来人口充塞的本地人群，镇子一跃成为周边重镇，它毫不客气抢走了被210国道串起来的一些孤零零脏兮兮的镇子的光彩（如果它们有光彩的话）。纵眼一望，江南江北以及难得平缓的河谷地带都盖满了房子，那是沸反盈天的时代，有人就有希望，那些游荡进来寻找机会的人，似乎也从未失望过，如果有，那也是因为懒惰，而非时机。晚上的镇子尤值得提上一笔，如果你坐黔渝线火车途经这里，又恰逢夜晚，你会看到满山满谷的灯火，仿佛那些灯火都是免费的。镇子那时便有“小香港”的称呼，出于虚荣，大家都爱这么形容自己的家乡，虽然事实上被称作“小香港”的地方全国可能有成千上万个，但这是我唯一熟悉的地方。

河谷地带的热，是当时的我并未察觉的事物，一个人竟然到了对气候抱怨的程度，只能说明这个人已足够成熟，带着老气横秋的品评滋味，而少年人很难滋生这样的毛病。这酷热，成全了人与河流的关系，那就是进入，反反复复，以至于其中的危险成为如今回忆时仍可心跳加速的片段。随着年岁渐长，惊险的刺激对于一个成年人来说已经不合时宜，对于此道，我们多少有些陌生与荒废。

如果有人大喊危险，说明危险早已降临，不喊，也是。

在河水里，你并不能真正掌控自己，河水的力量远远超过个体的可控范围，按今天的说法，这属于降维打击的范畴，容不得一点侥幸。可侥幸仍是存在的，那就是足够的技术加对环境的足够熟悉，或许还要加上个体足够的谨慎，只有这三要素相逢，才能大致保证每一次下水后你还可以回到家中，享受父母的斥责。

水里的凶险是不可预测的，我就被一个漩涡拉到过河底，双脚踩上了河床，那是由一层水草伴着泥土石头组成的地带，是我此前从未潜入过的地方，在老码头的边上。漩涡的力道凶猛，呈螺旋状将我搅入，我的挣扎在暗流的旋转下显得那么可笑，记忆在那几秒钟里似乎短暂地中断了，我没有想到任何事物，只是被眼前的情况吓坏了，以至于每一秒钟都在手舞足蹈，想要逃离将我围困的水流。水里的幽暗也大大出乎我的预料，许是漩涡最终失去了自己的力道，开始涣散，又许是我的双脚借助河床的反弹挣脱了束缚。总之，我重新浮出了水面，呼吸到了让人觉得鲜美无比的空气，那是生的滋味。

河里的故事何其多，幸运的是，我从未在这里失去过一个朋友，青春期一过，他们都和我一样逐渐远离了大河，成了在陆上观望河流的人。只是每一次见到河流，在合适的季节，总会升起难以抑制的跃入念头，哪怕是夜晚。夜晚的水显得更为神秘莫测，也带来另一种莫名的快感。那也是有故事的，只是讲故事的人多少有些保留，有些小小的事迹被湮灭了，仿佛提起来，会让人觉得是亵渎。我见过落水的人，在面对凶险时刻，一句话也说不出来，事后问起，为什么不喊？回答说，那一刻喊不出来，好像嘴巴不是自己的，会忘记世间的语言，包括呐喊。即使熟悉某一块水域，我也绝不会认为河水是温柔的，这假象欺骗不了真正懂水的人。老话讲，宁可欺山，不可欺水，是这个道理。

河流成为景观留在心里，还是被镇子上游磷矿集团污染那些年。河里的水都是奶白色的，像淌着牛奶，淌成了化学河，那几年河边的白鹭都消失了，没人想要下水，与河的隔膜是那时起在镇子里蔓延的。直到大家闹起来，有看不过去的居民打了热线让省城记者来报道，这事才慢慢有了转机，也不知哪一环起了作用，几年后，河岸边建起了污水处理厂，河水才跟着一点点恢复原先的色彩，风景里不可或缺的白鹭才又出现。

新码头出现了，气势颇大，有着宽阔的平台，乌江下游的阶梯电站一一完成船闸修建，自此，从这里可以直达上海。这也是河边的最后一道人造景观，大坝与码头正好框出了镇子的两个边界，一东一西，一个是舞台，一个是幕布，而人居于其间。

码头是离别之地，江岸送别又是古人最钟情的方式。我曾买过五代董源《夏景山口待渡图》的复制画心，那是迤逦的山，河岸边有松，加上茅屋一座，意蕴悠远。茅屋现在是很难见到了，时代刷新了与人相关的景观，可渡口的意味不论古今，被保留下来。新码头边尚不见传说中的巨轮，只有一艘不大的趸船占据着醒目的位置，趸船边系着一串白色快艇，因为下游电站蓄水，水位实际比我生活其间时要高了，因而码头成为小镇人新的据点——游钓的据点。民宿也开了起来，沿江岸低矮的一小排木楼阁，山水的吸引再次显现，今人短暂的游玩可以视作古人归隐文化的一个当代缩影。攒寻到一个假期，放下城中所有羁绊，独自在江边住上几晚，听听水声，会会那些同样回到这里的朋友，讲一讲过去的事，再付之一笑，多好。

如今我看山水，不论画作还是实景，总升起离别意，各种送别里，场景不同味道不同。譬如，唐人句“渭城朝雨浥轻尘，客舍青青柳色新”，它直接在城边上，咸阳城外送一送，没有意思，城郭里尚有人间浊气飘来。而江岸送别，逸趣就大了，宋人唱“念去去，千里烟波，暮霭沉沉楚天阔”，多么美，兰舟频频催发，同样一去不返，水路总难回头些。

这就是来路了，想起儿时穿越过的河流，资江、湘江、涪江，再到乌江，几段河流串联起了人生，带着漂泊的意味，在故乡消失时，这一处处河流是否组成了不确定的命定之地？我好像知道，又好像不知道。

2022年5月21日

白果树下是我家

简　默

在黔南沙包堡镇东方机床厂家属区后楼的宿舍，我家窗外有一棵大白果树。它是我童年的坐标。我曾经将它从我的记忆深处连根拔起，移栽到我的文字中，我试图以优雅的汉语和美丽的标点符号，让它永远挺拔如戟，浓荫似盖。

但我很快发现，我其实无法完全彻底地将它移出我的记忆，我的文字也配不上它饱经的风霜和岁月，它仍然牢牢地扎根在原地。

我小心地选择了“大”来修饰它，树再老也只能叫大，譬如，那棵记住了我祖先离乡背影的槐树。隔着一道围墙和一扇窗户，它与我朝夕相处，就像眼前与我同处一室的这个叫父亲的男人。

秋风起，数不清的银杏叶像一只只黄蝴蝶，兴奋地漫天飞舞，落到地上，落到各种物体表面。有的随风飞入窗户，落到窗下贴墙竖放的高低床上，铺了薄薄一层，闪着亮晶晶的光。我家进门是四方形的客厅，一直向里面是长方形的卧室，旁边是逼仄的厨房。在高低床高高的床头下，母亲别出心裁地玩点儿小花样，她将两个枕头摞到一起，斜放在床中央，又将两床被子贴着墙角斜放，让它们替代自己的主人占据他们的领地，守望他们躺倒的生活。她好像排兵布阵一样，这样摆放着它们，的确看上去美观舒服，就像爱美的女人用一条花手帕扎起长发，我后来知道这叫浪漫。

透明的白果仿佛密集的子弹，挟着风声射向地面，它没有翅膀，飞不起来，就地卧倒，骨碌碌地滚得满地都是，有的炸开自己，皮开肉绽，露出白生生一粒果核儿，一股难闻的味道迅速弥漫在空气中，愈来愈浓，乘着风的翅膀飘入屋内，呛得我们禁不住咳嗽起来。不知是这味道，还是遍地果子，引来了一只只喜鹊。“喳喳喳”，先是叫声从树上降临，接踵跳下的是黑白色长尾巴的它们。如果说黑白色代表的是阴阳，它们就是将阴阳穿在了身上，这让它们扮演着占卜师或阴阳先生的角色，叫声是它们唯一传递给尘世并被人类破译的密码。它跃上高枝，扯开嗓子叫了起来，这棵树如此高，必须抬头仰望，才能看见树梢上的它。它的叫声像骤雨倾泻而下，浇我一身欢喜，它就是这样一种鸟儿，总跟喜事儿联系在一起，谁出门碰到它，都会认为好运就要到来了。相比之下，浑身漆黑的乌鸦站在了它的对立面，乌鸦像一个刺客，在一旁窥伺着我们的生活，寻找着可乘之机，让我们避之唯恐不及。这是我们的心理在作祟，是人根据自己的臆想和需要，鲜明地对立了它们，任它们势同水火，相互不容。

它们蹦蹦跳跳在果子中，身轻如风，仿佛没有重量，尖尖的嘴巴啄着果子，它们不喜欢坐享其成，因而乐此不疲地啄开果肉，剥出果核，但它们马上遇到了一个新问题，那就是它们尝试了各种办法，都无法打开果核。它就像一个魔咒，被坚硬光滑的壳紧紧地包裹着，天机藏在其中，它自己不会开口泄露，它们谁都打不开它，无奈地将它像一枚微型橄榄球踢来踢去，它混入了无数同类中间，再也找不到了。费了半天劲儿，一无所获，它们一齐叫上几声，权作安慰自己，像一片云，垂头丧气地飘走了……

早晨，出门散步，在小区路上，遇见一根羽毛。这是一根喜鹊羽毛，反面朝天，一大片白浸染之外，梢头有一抹黑，羽枝排列紧凑严密，天衣无缝，管底沾着新鲜的血肉。它来自天空的赐予，属于飞翔。

一只喜鹊身上披覆着肩羽、尾羽、饰羽、绒羽等羽毛，根据这根羽毛的形状和长度，我判断它是喜鹊的肩羽，就是翅膀上的羽毛。每一根羽毛都连着皮肉，随着新陈代谢，它们有自然脱落的，此时喜鹊感觉不到疼痛；也有非正常掉的，譬如，在与别的同类打斗中被扯掉，几秒前还飘扬在空中，几秒后就带着血肉落到地上，安宁大地像是被重重地一击，喜鹊肯定感到疼痛难忍。而一只被野猫觊觎的喜鹊，它的羽毛，它的翅膀，甚至它的飞翔，都暂时栖息于野猫的胃囊，以另外的形式永远还给大地。

我想起儿时在黔南山区的山间，在路上，常常能够捡到各种鸟的羽毛，其中就有喜鹊的。我是真的不记得它们中是否有沾着血肉的，也许有，也许没有，但我宁愿相信没有，我竭力想保留一个干净得没有皱纹，也没有血腥的童年记忆。我在西山公园的孔雀园边，捡到过雄孔雀掉的羽毛，上面印着五彩斑斓的大眼睛，让我爱不释手；我也曾梦想有一支鹅毛笔，蘸着墨水写下自己的心里话，最好像马良的神笔一样画啥有啥。母亲在家里杀鸡时，烧开一壶水，在锋利的菜刀横着割向公鸡的喉咙前，总不忘揪下它尾部的一撮绒毛，它们有半拃多长，光彩照人，柔韧性强，适合缝毽子。

临离开沙包堡的几个月前，父亲将赶场陆续买的木料集中起来，请来机床厂的几位木匠师傅，在我家窄小的客厅里支起家什，一天又一天地忙碌，最后打了一套家具，有大立橱、沙发、餐桌等。为了感谢这几位师傅，母亲每天变着花样地炒菜招待他们，那段时间，我家总飘萦着贵州大曲浓郁扑鼻的酒香，这是父亲他们那一代人舌尖上的永恒记忆，酒香霸道地横冲直撞入我们这些孩子的鼻翼，成为时间洪流滚滚淘洗后留给我们的老味道之一。有一天，父亲赶场时特意买了一只野鸡，它浑身扎着金碧辉煌的羽毛，趾高气扬地摇着修长而华美的尾羽。我当然想要它的羽毛，这是我在小伙伴们面前炫耀的资本，但我更想一直养着它，养它到死再要它的羽毛也不迟。终于，母亲趁我上学时杀了它，我回到家只看见一堆啃得干干净净的骨头，连它的羽毛都没发现，它的羽毛那么长，也许不适合缝毽子，母亲也就想不起来留。想起与它短暂相处的两天，我拿苞谷粒和青菜叶喂它，不免暗暗垂泪，伤心不已。

天下喜鹊都姓喜。从黔南到鲁南，从高原到平原，海拔低了，地势平坦了，我与喜鹊遇见在路上。它们仍然栖居在树上，也栖居在城市高处，仍然飞过我头顶，当它们与我的脚持平时，站立的我俯瞰着它们，它们会走，还会跳，我会的它们也会，但它们会的我却不会，譬如飞翔，一个人和一只鸟之间，永远横亘着难以逾越的飞翔障碍，这是没有办法的事情。穿过黑夜，我从未看见过喜鹊，也没听到过它的叫声，黑夜托举起了它，它在自己的窝中是这么安静，白天热闹的它进入夜晚，仿佛被浓重的黑暗堵住了嗓子眼儿，发不出声了，众声喧哗中少了它的嘈杂。夜幕遮蔽了鸟群，我很难发现它们，它们肯定看得见正走夜路的我。月出惊鸟飞的妙境，仅发生在黔南人迹罕至的深山老林，在人像攒糖葫芦一样聚居的城市永远是天方夜谭。在我的生活半径内，偶尔听见的啁啾之声，是斑鸠发出的，它借助茂密的枝叶隐藏起了自己，又在夜色掩护下，响亮粗犷的叫声汹涌如潮，冲出胸膛，撞破黑暗，传入我的耳鼓，尾随这叫声履约到来的总是一场雨。

天蒙蒙亮时，窗外传来喜鹊稠密的叫声，新的一天开始了。隔着纱窗，透过水墨画似的天色，我看不见它。我住在十层，俯瞰楼下的树差不多高低，晕染成了一大团绿色，这叫声不是从这中间传出的，我猜测是从对面楼的楼顶，它足足有二十层。我仰头看喜鹊在楼顶鸣叫，撒下一串串叫声，落到地上，溅起一地欢喜。这个早晨，我在家中，睡眼蒙眬之时，乍然听到喜鹊鸣叫，就像出门见喜一样，我的心情指数陡然高涨，开始了满怀期待的一天。直至我出家门，走在路上，在我头顶，一只喜鹊拍打翅膀，产生的气流送给我一丝凉爽，凝滞的闷热也因此被它扇开一条缝隙。但我总觉得，它的翅膀承受不了整个身体的重量，它看上去气喘吁吁，身心俱疲，经过一夜沉睡，它应该像我一样精力充沛，元气旺盛。我甚至觉得是它负载的好事和好运太多了，许许多多的人和我一样，也听见了它的叫声，他们从内心里欢喜，将这欢喜想象成一条条火红的祈福带，系在它本就有点儿超重的身上，这让它不堪重负，貌似勉强飞过。

一座古村的前世今生

朝　颜

被酷日无声炙烤的大地，缓慢流淌的河流，颓败倾圮的老屋……夏日，一座古村撞入我的视野，从无际无涯的竹海中，逐渐显露远古的面貌。

在南方，几乎所有的村落，都源自一场因由各异的迁徙。一群人，抑或三五人，带着疲惫的肉身和惊魂甫定的内心，带着鲜少的衣物和为数不多的口粮。有时候，是躲避侵身而来的灾祸；有时候，是重新开辟一块生存的天地。深山、密林、僻远之所，是多数迁徙者热衷的安居标配。那里有自在的鸟兽、虫豸，有繁茂的植物、花朵，有足以哺养人畜的清溪，自然，还有适合生长五谷的土地。

放眼四望，我所身处的莒洲古村，委实拥有农耕生活所需的一切美好条件。古村坐落于资溪县西北部的高阜镇，像襁褓中的婴儿被群山层层包裹。地处闽赣交界的资溪县，县境内横亘着武夷山脉，耸立着鹤东峰、月峰山、野鸡顶、排尖嵊、犁头尖、笔架尖……自古便是层峦叠嶂之地。

村民以邓姓为主，依着泸溪的流向，他们将村庄大致地分为上莒洲、中莒洲和下莒洲。置身于青山脚下，恣意生长的草木之间，我忽然想，这片土地被选中，被开垦，被越来越多的建筑填满，被道路、桥梁、小巷、房屋切割成一小块一小块的人类活动区间，几乎是一种必然。

六百多年前，一位邓姓先人，和天地合谋并确立了这样的必然。据史料载：元顺帝至正十一年（1351），邓氏十二世守八公自小坪（今金溪县黄通乡）迁于泸溪之上莒洲，为莒洲迁居祖。元至正二十一年（1361），邓氏显四肇远公因避兵祸举家迁至泸溪三都茶园坑（今资溪县高阜镇莒洲村牛角尖），其长子邓福昌公于明洪武七年（1374）又迁至下莒洲，是为下莒洲开基人。自此，邓姓一族在上、中、下莒洲繁衍生息数代，耕作经商，布泽施恩，广结善缘，成为当地名门大族，历代进士、贡生、举人有一百二十五人之多，入朝为官者众，于清乾隆年间达至鼎盛。

如果将目光投向时间的纵深处，当年的邓公多么像一粒种子，落入一块天然肥美的土地。然后，风也调，雨也顺，天时地利人和一并簇拥着他，在这里生根发芽，开枝散叶，直到建立庞大的根系，在大山深处开出一朵清雅的梅花。是的，村里的老人说，这里曾经就是个梅花形村庄，人口众多。

这众多的人口在莒洲世代耕作，丰衣足食，送儿读书、学医、出仕，像中国大地上无数恭顺的良民那样，依从着帝国的价值标准，一步步寻求上升空间，在通往家族壮大的道路上勤勉而执着。

只是今天，一个曾经兴旺繁华的村落终究走向了没落。在村头的一块木牌上，我看见一份古村的简介：现有常住人口二十户六十余人。与之相对应的是：现存祠堂两处、牌坊一座、官员旧宅十余栋、古桥一座、古水车一座、古井一口、寺庙一座。自然，还有村头村尾蔓延丛生的杂草，倾斜的破屋上掉落的青瓦、豁口的阁楼、被遗弃的竹木器具……

古村将走向何方？当她渐渐成为人们逐梦的束缚，奔逃的居所，那些祖先的耳语，厚重的日月，光辉的片段，被莒水灌溉过的梦境，该如何被记取，如何靠近一个匆匆的现世？

回望莒洲古村的前世与今生，她似乎不算走运，被深情庇护过的子民遗落在大山深处；但她又足够幸运，在如火如荼的新农村建设和土坯房改造中完整地存留了下来。除了自然的衰败，鲜有人为破坏的迹象。

我注意到古村重新被珍视，是在修葺一新的星六公祠里。推开老旧的木门，祠堂宽阔，天井明亮，屋瓦和椽檩呈现新旧色交杂的状貌。显然，修复后的祠堂长年有人打理。刷得雪白的墙壁上，郑重地挂着几位重要的先祖画像和邓氏家规。其中图文并茂，追溯着莒洲邓氏的来历，记载着开基祖的荣光，感念着先人的功德。祠堂的一角，还被布置成农耕文明的展示厅，那些旧时的犁、耙、斗笠、蓑衣、石磨、风车、土灶……有序地陈列于此，模拟着古村从前的烟火日常。

另一幢建于清乾隆庚午年（1750）的超然公祠，则在不久前被小心翼翼地拆除。我站在祠堂的原址前，脚下踩着鲜红的爆竹碎屑，听说，一个隆重的重建启动仪式刚刚在这里举行过。超然公祠，是莒洲邓氏的总宗祠，乃当年朝廷为表彰邓超然的功德，批准由建昌府出资并主持修建而成。祠堂原有上中下三厅，正面门楼分左中右三道，巍峨气派，拆除前仅剩前厅门楼和三面墙体。即便如此，它仍然是莒洲古村最重要的人文景观之一。

如前文所述，这位被赐建祠堂的邓超然公，即是直接促成邓李氏贞节牌坊修建的重要人物。他外任为官时，出资于甘泉源上修筑二善桥，结束了村民进出需涉水过溪的历史。他荣归故里后，又致力于宗族和村庄的整治与缮建，修族谱、建宗祠、立族规、兴教育、办书院、造路桥，在乡邻中树立了很高的威望。

现在，人们将各种古老的构件细心地拆卸下来，其中有雕刻着祥云、龙凤、麒麟、鹤、鹿、鱼、花草和达官贵人等图案的石板，有雕刻着皇家所赐“恩荣”二字的长形石匾，还有雕刻有精美对联的整石门框……人们打算以修旧如旧的方式，重现超然公祠的雄伟原貌。不仅为缅怀先祖，纪念宗族曾有过的昌荣，也为修复和保留前清留下的珍贵文物。

2017年8月8日，莒洲村入选第一批江西省传统村落名单；2019年6月6日，莒洲村被列入第五批中国传统村落名录。接连到来的转机，为超然公祠和莒洲古村启开了一道重生之门。

一幢庭院深深的邓氏祖居，则被精心规整和修饰，挂上了“国医馆”的典雅牌匾。听说，主人已联系好一位知名的老中医，准备邀请他在村中住诊。院落内，石墩、石门、石地砖，无不透露着时间的风霜。一位干净利落的老妪迎了出来，她的一头花白长发束成马尾甩在脑后，若非问询，我不敢相信她已八十高龄。就在这座青砖黛瓦，已经无法考证年头的老房子里，女主人送出了数位新中国的科级干部。房屋的厅堂遵循古意而陈设，内室则安装了现代化的水电设施。老人说，在林场上班的小儿子，每天下班后都回来住。其他在县城工作的子女，则隔三岔五返家团聚。这种既拥有高古风情又享受现代舒适的生活，着实令人心生向往。

就在大多数乡村和城市长得越来越像时，人们发现，乡愁无处可觅。如莒洲古村留守老人这样的原生态生活，已经成为一种奢侈。越来越多的人呼吁保护和珍惜那些古老的即将消逝的事物，越来越多的人从城市拥向乡村，吃柴火灶烧的饭菜，住充盈着古味的屋子，或者带孩子去田里玩一次泥巴，在小溪里戏一次水……人们需要暂时慢下来，去广阔的天地间安放疲惫的身心，松开绷紧的神经。

穿行在莒洲古村的角角落落，看篱笆墙内玉米正在抽穗、豆角爬满了竹架，房前屋后指甲花开得自由烂漫，柚子树垂挂着累累果实，阳光下有摊开晾晒的红辣椒，屋檐下有堆成小山的劈柴。我在沉寂中渐渐嗅到一种生机，它似乎正在悄悄滋长，不动声色地蔓延开去。这些年，通往古村的水泥路修得四通八达，曾经被大山团团围住的村庄，已不再有车辆进出之虞。

人们将莒洲村称作没有围墙的古村博物馆，意欲整村修复，增添配套设施后开放旅游。这或许就是她此后的命运了，像多数的珍稀之物一样，在人为的保护下，存续于世，供众生观瞻。是的，几乎所有的原始村落，都被打造成了旅游景区。而那些决绝进城的村民，又迎来一种新的选择。他们渐渐对放空许久的老宅产生兴趣，思谋着回归抑或经营。谁能想到，人们争先恐后抛弃的，代表着落后、闭塞的村庄，如今竟成为时代的香饽饽。一座寂寞多时的古村，又将重新热闹起来。时间啊，一直在大地上排演着大起大落、命运翻转的戏码。

从莒洲古村走出，我又一次遇见潺潺流动的莒水，想到邓氏族人的来与去、沉或浮，恰如溪河汇入汪洋大海，恰如光阴中的亘古与未来。

立冬记

李天斌

小区的拐角处有一棵银杏。立冬的前几日，树叶就陆陆续续地落下来。落了又停，停了又落，仿佛总要留点歇脚的时间。到了立冬的早晨，却发现叶子已经落尽。时间卡得一分不多，一秒不剩——我相信它是要告诉人们：立冬了。

太阳也没有忘记立冬的时刻。霜降时节，几乎每天都落着细雨，天气也总是雾蒙蒙的，可是立冬一到，太阳就准时准点出来，天地一片清明澄净。就像阳春三月里的明媚灿烂，直让人觉得时光仿佛倒流，仿佛季节的那一双手，总有翻云覆雨的魔力，可以朝为寒来，暮为暑往。

好比故事的一开始就有些奇诡。一方面是山寒水瘦，一方面是春光万里。就像一段年华或是情感的两面，让人觉得世事的不可捉摸，也觉得世事在人面前的游刃有余。而人终于是待不住了，抬头看看光秃秃的树枝与明亮的太阳形成的反差，双脚忍不住就往外走了，总觉得在外面，一直有一些东西在诱惑自己——我是想进一步看看立冬的景象，是怎样在此时的大地上进行了！

除了刚才那棵银杏，小区外面还栽了两长排。以前路两边栽的是白杨树，也不知是何原因，现在全换成了银杏树。这两排银杏树跟小区那一棵有些不同，虽然它们的叶子也在不停地往下落，甚至人从下面走过，就陷在纷纷的落叶里，那落叶有种无边无际的浩大与苍茫。可是叶子始终落不尽似的。让我有些疑惑，也有些叹息。同样的树种，同样的环境，生命的景致却迥然有异。这也让我想起在秋分时节，我看见大树脚那一簇飞蛾花趴在藤上了无生气，可是在三十步之外的狮子山，却又有飞蛾花正开得如火如荼。其时正有斜阳残照，记得我第一时间想起的便是一个苍凉的手势，总觉得生命彼此的差异，用这样一个意象去描述最为恰当不过。

沿着九头坡脚，我来到了黄泥地。黄泥地以前共有数百亩的地块，现在一部分用来修建了民政局办公用房，一部分早在此之前，就征拨用作了焦炭厂，只是后来厂子很快倒闭，虽然倒闭了，可是地块仍然被其占着，只是从那坍塌了的围墙看进去，能看见有荒芜的野草正在那里生长和蔓延。这样一来，黄泥地只剩下了靠近山这边的不多的一个三角地带。但有幸的是，这里不属于征拨范围，得以保持了原貌。我觉得无比惊喜。自从立春以来，我就快要走遍原村里的每一寸土地了，像这样保持原貌，甚至极有可能永远保持下去的地块，还是第一次遇到。通过这剩下的地块，我仿佛又回到了乡村的从前，虽然明知乡村从前的一切都已经不在，但总觉得那双脚似乎踩在了从前的土地上，那些从前的时光，也总有一丝能寻得到的足迹似的，让人总有一种踏实感。

地里正盛开着大片的野木姜花。记得从前的村子，春天和冬天均会有一场盛大的花事。春天时是油菜花，冬天时是木姜花。说它们盛大，如果仅从气势上看，油菜花倒也算得上名副其实。木姜花颜色并不耀眼，有些名不副实，但两者都与养蜂人有关，就将两者并列在了一起。从前的村子，油菜花和木姜花开时，就会有养蜂人来到村里。养蜂人都是异乡人，一年四季总是随着花朵奔走。这样的人生在村人看来，总是神秘而且美好。于是难免就会有一些故事在那蜜蜂与花朵之间发生。譬如，因了一份向往，我的一个表舅在某一年就跟着养蜂人走了，等他再回来，身边却多了个女人。我的表舅母不能接受，最后以一瓶敌敌畏了结了内心的悲苦。我的几个表兄妹，一直到后来表舅年老死去，都没有原谅他。又譬如，我一个发小的母亲，竟然在某个夜里跟养蜂人悄悄私奔，留下一大堆孩子也不管不顾了，等人们知晓事情的真相时，人与那一群蜜蜂都已走远。后来，凡是再来了养蜂人，村人总要向其投去警惕的目光，甚至索性拒绝他们了。

故事虽然有些沉重，却足见从前花事的繁盛。如今所剩地块面积不多，花事也落寞了。但也还有蜜蜂在木姜花上忙碌，可也只看见了不多的几只，似乎还只是象征性的样子。并且还不知这几只蜜蜂究竟是谁养的，它们是就近而来，还是从远处来，是否也感到了这人世的变化呢？有那么一刻，我还恍惚觉得蜜蜂们跟我一样，同是来到黄泥地寻找从前的村子，我们同样都是失去故乡的人，虽然我们不一定要回到从前的故乡生活，可是作为故乡，它始终是念兹在兹的某种存在，我们总渴望沿着某一条路径往回走；虽然回去了未必就会觉得心安，可是那一份存在却始终牵引着我们……

黄泥地还有一口水井。这口水井的奇异处就在于即使夏天山洪暴涨，村里所有水流都变得浑浊，它也仍然保持着清澈的模样。所以，每到此时，虽然离村子远了点，可是村人总要来此挑水。于是，那一只只高矮不一的水桶，那一串深深浅浅的脚印，那一路的欢歌笑语，那一路的家长里短，就都一起指向黄泥地。但现在，不知为何，水井已经没有水了，只看得见先前水流漫过的一些模糊的痕迹，那干涸的样子，就像远年的某个遗址，人立于那里，已经是凭吊般的伫立了。

水井边却开了一地的蓼花。一朵朵粉红的花朵，在那荒芜里尤其显眼，也仿佛时间有意留下的某种提醒，提醒你对一口消失的水井乃至消失的一切去回忆。这不，在古人那里，以蓼花为线索回想从前，伤情此时的也颇有人在。如元人张翥对蓼花一番描绘之后，就忍不住叹息：

“不见当年，秦淮花月，竹西歌吹。但此时此处，丛丛满眼，伴离人醉。”又如宋人卢祖皋亦有这样的句子：“蓼花繁，桐叶下。寂寂梦回凉夜……衣上泪，谁堪寄。一寸妾心千里。”一朵朵蓼花的身后，是彼时盛年锦时的寂寂落照，更是此时满目的离离之情。而我，此时此地，朵朵蓼花在我眼里，也一定是那寂寂地落于心上的关于村子以及一切过往的离情之歌了。

从黄泥地回来，我还遇到了另一条河流。仔细辨认后，觉得应该是先前的母珠河，只是上游被新建的火车站和坝陵大道压住了，下游也被坝陵大道压住了，就只有这一段约半里地的河面暂时还露在外面，一条河流可以说全变了模样。河道越来越狭窄，很少有人迹，那些荒草一年年地、铺天盖地地压向河面，有的河段，已经看不见流水的影子。可我却看见了好些鸟雀，如麻雀、点水雀，它们仿佛是在觅食，又仿佛是在散步，当然也极有可能是在思考——思考一条河流的来去以及自身命运。还有一只白鹭。我有很多年没有在村里的任何一条河流上看见任何一只白鹭了。一只白鹭失踪已经很久。现在它突然出现了，出现了它还会再一次失踪吗？也或许它至少可以多居留一段时间的，只是这立冬的河流，是一日比一日更要寒凉了，而这只白鹭，是否也会因为这寒凉而提前离开呢？

一只白鹭，似乎亦蕴含了莫名的乡愁。

河流上的醉鱼草却不知悲欢，不知生死地继续绽放着。先是枝叶，便是前所未有的茂盛。尽管周围的草木都无可奈何地凋谢了，可是醉鱼草就像没有任何限制似的，越来越充满生机的样子。其次是一朵朵紫色的花瓣，紧紧贴在枝头，又仿佛高高举起似的，极容易就让人想起某一种悲壮，似要尽一己之力拽住一条河流似的。但我想它也一定是悲剧性的，因为此时，那些鱼儿均已经睡去，即使它再如何能让鱼为之迷醉，恐怕也无济于事了。好在，我也终于没有看见任何一个村人，再用了这醉鱼草去迷醉鱼儿。于是觉得，此时这醉鱼草的存在，倒也像极了一个梦，恍惚的，美好的，或许都只存在于那梦里，让一条河流，暂时忘记了来自时间与岁月的一切改变。

从河流上归来，我就一直蛰居在家，这样便到了立冬第九日。太阳突然就没了，细雨复又降落下来，虽然亦未看见第一场霜爬上草木，可是天气是真的寒冷了，风也越来越紧，门前可见的草木，其叶子落下的速度，越来越快。一轮残月，总是忽明忽暗，像要揭示什么，又像什么也无须揭示，一切仿佛玄幻邈远，又仿佛洞彻如明。我知道，季节这双魔手，又将我们带到了另一面……

最是难舍“胭脂红”

苏　敏

立夏之后，一直下着小雨。南方的梅雨季节，连空气都是湿漉漉的。出租屋里，我一件一件地收拾着，冬天的羽绒服，秋天的毛衣，洗净的皮鞋，落满灰尘的书……

一个人在外，过着过着，就过成了一个“家”的样子。在这个“家”里，该有的，差不多也就都有了。许多东西，丢了觉得可惜，可真要留下来，其实也并没有什么大的用处。丢还是不丢，我为此有些犯难。大概，我是一个恋旧的人吧，过去的某些友人，曾经的某些往事，常常会记在心头。眼前这些物件，我仿佛觉得，它们早有了我的体温，我的气息，我的指纹。

还是要狠下心来。这不，我已经打了十个包裹，可仍有东西没能装完。尤其是柜子里那坛还只喝了不到一小半的“胭脂红”，真的有些让我束手无策了。总不能像喝矿泉水那样，咕噜咕噜一口气喝掉吧。前来取货的小哥跟我说，物流是没办法送酒的。他说这话时，语气简直不容置疑。

“胭脂红”，是我给我的杨梅酒取的名字。这名字，听起来就有些妩媚吧。多年前，我曾想将胭脂红注册个商标呢，遗憾的是，早在我之前，便已经有人捷足先登了。但这似乎并不影响我对胭脂红的喜爱。我为胭脂红写下过不少的文字。在《一坛胭脂红》里，我这样描述过她：刚泡的杨梅酒，其色艳丽，妖娆，如胭脂，似朱唇；浸泡之后，其味醇厚，有米酒的芳香，又有杨梅的酸甜。开得坛来，整个屋子里都芳香四溢，令人销魂。

在温州，我已十年有余了。这十余年里，我少说也喝了二三百斤胭脂红吧。也许，对于一名酒徒来说，这似乎并不算多，平均下来，一年也就二三十斤的样子。

可实话说，我一开始并不喜欢杨梅酒。刚到温州不久，遇上单位里的贵州同事们过苗年。贵州同事跟我说，苗年是他们的传统民俗节日，在他们老家，苗年隆重得很，要“跳芦笙”“踩铜鼓”和“斗牛”。出门在外，自然不能像老家那样。在单位的食堂里，他们买来鸡鸭鱼肉，瓜子花生和水果，摆了几桌。牵头的同事，叫余兴忠，来自贵州黔东南西江千户苗寨那一带。他热情地邀请我作为公司的代表和他们一起欢度“苗年”。席间，他们取出几坛用贵州大曲浸泡的杨梅酒，给我斟上满满的一碗。

苗族的同事一边喝酒，一边唱酒歌。我终究没能架住他们的热情，在“喝一杯呀喝一杯”的歌声里，咕噜咕噜地干了两碗杨梅酒。这两碗杨梅酒下去，胃里立马波涛汹涌，掀起滔天大浪。我冲到洗手间里，对着马桶狂吐不止。

——对于杨梅酒，我算是心生恐惧。过了好久，我都不敢再沾一滴杨梅酒了。

大约两三年后，同事隽裕给我送来杨梅，说是仙居的。仙居的东魁杨梅个头大，果形饱满，色泽艳丽。打开包装时，有幽幽的酸甜味扑鼻而来。

我曾去过一次仙居。仙居也叫神仙居，离温州百余公里，开车前去，约一个小时的车程，沿途过村居集镇，经楠溪江畔，穿数不清的山洞，到白云深处。山中奇峰怪石，树木葱茏，百鸟鸣啾，蝶飞凤舞，置身其中，无车马喧，可远离人间烟火。

人们说人杰地灵，好山好水孕育出来的东西自然也不一样。眼见这么好的杨梅就这样囫囵吃掉，觉得实在有点可惜。于是，突然想，我要不也泡点杨梅酒吧。或许，时间真的可以改变味蕾的记忆。刚来温州时，我怎么也吃不习惯温州的海鲜，特别是那些生吃的，咬在嘴里还血淋淋，甚至仍然跳动的，比如，血蛤、呛蟹、倒爬虾、生鱼片，等等。而几年过去后，我反而再也不习惯老家的口味，而对各种各样的海鲜乐此不疲了。

温州人爱吃杨梅酒，或多或少，不分男女老幼，每个人都能吃一些。每逢席间，他们总要拿出一壶杨梅酒来。在同事友人们一而再，再而三地“诱惑”之下，我竟然有些蠢蠢欲动起来，早忘了当年胃囊里的翻江倒海了。

我就是这样慢慢地喜欢上了杨梅酒，并一发而不可收起来。每年杨梅上市，我总要去街边买一些，或者是亲自去山上采摘一些。在温州这几年，我去过茶山、大荆等地摘过杨梅。眼前的这坛胭脂红，便是我去年到一个叫高楼的地方摘的杨梅浸泡的。

高楼离市区三四十公里，虽没有仙居那样神奇的景致，但也算是山清水秀，景色宜人。单位里，有个同事在那边有一套落地房，每逢周末，他总会赶往乡下，以图个清净。好客的同事常备丰盛的佳肴与美酒，邀我们前去“华山论剑”。在高楼，每年都会举办杨梅节。因疫情关系，这些年节日的气氛受到了一些影响。不过，杨梅上市时，前去采摘杨梅的人仍络绎不绝。

实话说，高楼的杨梅在形、色、味上，比起仙居的杨梅，还是要稍逊色一些。不过，无论是仙居的杨梅，还是高楼的杨梅，用来浸泡杨梅酒，味道似乎并没有什么太大的差别。

我虽在温州十余年了，但依旧听不懂温州话。相传，在抗日战争时期，温州话曾被当作密码使用过。不过，当温州人说“杨梅酒”时，我倒是能听得清清楚楚明明白白。温州人说“杨梅酒”时常给人漫不经心的感觉，等说到“酒”字时，喜欢把嘴巴噘起来。那声音仿佛轻柔温婉的乐音，像极了南戏的唱腔唱词，特别优雅动听。

不过，杨梅酒正如其色、其味那般，常带有一点点的“欺骗性”吧？是的，不知不觉中，你就会被她酸中带甜、甜里有酸的假象给迷惑。记得当初小众文学在洞头举办活动时，我们那天晚上喝的就是杨梅酒。一个叫楚些的北方人，个子不大，当然酒量可能也不咋的，他就被杨梅酒放倒过。我曾在一段文字里这样记录过：

“我一路搀扶着楚些。幸好，他的身子和我差不多。他一边歪歪扭扭地走着，一边从口袋里给我掏烟，然后还从上到下摸遍整个口袋找打火机给我点火。他一路踉踉跄跄，几次险些跌进路边的水沟里。终于，他走不动了，一屁股坐在路旁的水泥地上。他大声地说，我没喝多，没喝多。

“扶他的任务并不是到了驻地的民宿就算结束。座谈时，他要解手。我又使出吃奶的力气，将他搀扶进卫生间。卫生间里的电灯开关没找着，黑漆漆的。在伸手不见五指的卫生间里，他如刚才在路上摸打火机一般寻找着他尿尿的玩意儿。那一刻，我才知道，原来教授也有内急的时候。

“现在该回头说说他喝酒。我跟他说，在温州，只要碰了酒杯，就得干杯。爽快的楚些，被我们怂恿后，一连干了四杯杨梅酒。这酒风，乃性情中人也。不过，比醉酒更精彩的是，楚些会端着酒杯踉踉跄跄地来到每一位女士的前面，眯着他的小眼睛说，你是我心中的‘女神’。”

“你是我心中的‘女神’。”唉，这句话，没几杯杨梅酒下肚，怎么能够不带半点羞涩地、轻易地表白出来呢？反正我是不敢。

一位上海友人，刚到温州第一件事就是跟我说，你得让我尝尝你圈里常晒的胭脂红，我要看看她到底是不是你说的那样令人如痴如醉。我笑而不语。那晚，我拎了一壶胭脂红，给他斟上满满一杯。他貌似有些等不及，一口凉菜一口胭脂红，就这样吃了起来，只是还没等热菜上桌，他就已经云里雾里了。

两年前，我重回这家单位时，老板特意给我泡了一坛杨梅酒。老板知道我好这一口。那天晚上，我抱着那坛杨梅酒回宿舍，就如同抱着一个美人归。我一路小跑，怀中的坛子不断晃动，坛里的杨梅酒像我欢快跳跃的心脏，汹涌澎湃，波涛起伏。可斗转星移，两年过去，许多事情竟物是人非。我不禁有些伤感起来。

这回真的就要离开温州了。这将是一场艰难的告别。这些年，我早已将温州当作了我的第二故乡。夫人常吃醋地说道，你这个温州人。是的，我这个温州人。在温州这里，我想，我大概拥有多重身份吧，比如，一名默默无闻的打工仔，一个闯荡职场的经理人，一个闷头爬格子的写作者，一名异乡的旁观者，一名温州城市与乡村发展的建设者……

快递小哥搬走了我打好的包裹，出租屋里变得空荡无比起来。偌大的出租屋里，唯有那坛胭脂红仍在那里，她像极了一名羞涩的女子，热烈而缠绵地盯着我，让我有些许伤感，又意乱情迷。

打座台

朱登麟

在乡间，长得最繁茂的是野草。铲了，枯了，烧了，风一吹，雨一淋，又疯长起来。就像猫山湾子的太平花灯，儿时听老人摆过却没见识过，说是破“四旧”给破了。我念中学时土地下了户，日子富足起来，乡人们将它从记忆里淘出来，重打锣鼓另开张，仿佛地里的庄稼、山上的花草、林中的鸟雀，千姿百态，生机勃勃，寄托着乡人热辣辣的期盼，一下子点亮我习惯看样板戏的眼神。

乡间节日众多，最重的是过年。从冬至开始杀年猪，腊八喝粥，腊月二十三送灶神菩萨上天，家有余粮的乡人们忙着打糍粑，捶饵块，磨豆腐，煮甜酒，酿米酒，蒸面鲊，装香肠，炕腊肉，为的是那顿年夜饭。也是从冬至开始，推选“灯头”，组建灯会，确定灯堂，太平花灯就有了架势。张三家出一捆斑竹，李四家凑一沓皮纸，王五家买一块石蜡，赵六家送几盒颜料。八仙桌上置一壶老酒，男人们齐聚灯堂，抿一口，朝掌心吐口唾沫，双手一搓，提起钢锯、刨子、凿子、篾刀，破竹篾，削木棍，编灯笼，糊皮纸，一堂造型各异的花灯就从一根根结茧的手指上活灵活现跳脱而出。书读到狗肚子里去了的学生，这回有了用武之地，拿起墨笔，蘸上水彩，给灯笼上糊的皮纸做彩绘。花鸟虫鱼，山水风光，古今人物，兴之所至，自由发挥。他们各显身手，为的是赢得大人喝一声彩。除夕渐近，灯堂渐渐好看起来，堂前摆三盏排灯，两边拉起铁丝，挂上宫灯、宝灯、猴儿灯、走马灯等奇形怪状的“耍灯”，五彩缤纷。

猫山湾子的太平花灯是“神灯”，也称“愿灯”，有请神送鬼、驱邪祈福色彩。正月初一晚，灯会将新扎的花灯扛到水井边的山王庙前，请“先生”做一堂法事，打一通顺卦，求得灯光菩萨许可，才能“出灯”，不然村人发的“灯愿”不灵验，不能为“接灯”人家驱鬼求神，祈福送子。北方人赏花灯，猫山人不苟同，叫“玩花灯”“跳花灯”。猫山花灯玩法丰富，从“盘灯”开始，到“报春”结束，拢共二十四个程式，男女老少人人参“玩”，既做演员又做观众。

出了灯，表演队伍就轮流到每户人家玩，每晚玩五六家。先玩的人家只需走个流程，将每个程式简化，草草演一遍，算是敬了菩萨，就往下一家走。最后一家“打座台”，则是二十四程式的全程表演。主人家厨房里备足夜宵，八仙桌上摆满酒水，荷包里装满红包，是预约好的，一般选高房大屋、忠孝两全的富户。

夜色阑珊，雪花飞舞，咚咚嚓嚓的锣鼓铙钹声，闪闪烁烁的花灯表演队，穿过弯弯曲曲的石板小路，走进主人家朝门。众人听“灯头”指挥，将排灯对着大门竖立，要灯擎在胸前，“盘灯”就开始了。主人家大门紧闭，一拨人在屋里唱着盘问：“花灯是从何时起？花灯是从何时兴？哪个西天去取经，随带灯光转回程？”一拨人在门外唱着应答：“花灯是从唐朝起，花灯是从宋朝兴，唐僧西天去取经，随带灯光转回程。”一问一答间，唱的是古调，说的是兴衰，道的是忠孝，摆的是善恶。“盘灯”结束，接着“开财门”，依然是隔着大门唱由来，直唱到“世主财门请打开，金银财宝滚进来”，里面才打开财门，迎进期待中的财神。排灯先进屋，摆在香烛闪烁的香火下，其余灯笼按顺序挂在两边准备好的铁丝上。

“远望雾沉沉，近看府衙门。朝天一颗印，赛过北京城。”门口传来一阵威严的喝吼，众人目光齐刷刷聚焦，见一人金盔银甲，手舞关公刀，一只脚踏在门槛上，威风凛凛，杀气腾腾。这道程式叫“砍先锋”。门前一段表演过后，先锋官大踏步进门，开始“砍五方”：一砍东方甲乙木，二砍南方丙丁火，三砍西方庚辛金，四砍北方壬癸水，五砍中央土地堂。每段唱词都含有驱走邪魔外道、祝福主家平安的意思，直到将“孤魂野鬼砍出去，五谷六畜砍进来”，先锋官大喝一声，“先锋先锋，两脚腾空，来时有影，去时无踪”，一路腾跃着“飞”出大门，结束表演。

接着“出土地”，是花灯表演中最搞笑的节目。土地公头戴青色高帽，身着玄色长衫，耳钩上挂一蓬白胡须，一手拄拐棍，一手执拂尘，颤颤巍巍走进大门，口中念唱：“土地公来土地公，一口胡子白蓬蓬；土地老来土地老，周身都遭虫蚀了。”土地是级别最低也最接地气的神，乡人将他塑造成一个眼花耳聋的冬烘老者，走路摇摇晃晃，说话颠三倒四，且不断说出错词需要纠正。比如这句台词：“土地土地，我有三分兔气（傻帽）。”观众立即互动：“三分神气。”言辞间夹杂大量民间下流话，惹得满堂哄笑不止。总体还是以奉承为主，因为说得好，主人高兴，会给红包。红包小，一块二到十二块不等。新年大节的，图个吉利。

参与性最强的是“打唐二”和“逗幺妹”，“打”在此处是说道的意思。唐二是丑角，在场的男人都可参演。紧密的锣鼓声中，某个人挤出人堆喊一声：“呔——”神似京剧武生亮相，“唐二本姓唐，家住养龙场，男的会烧火，女的会熬糖。熬的哪样糖？巴掌大，块块糖；锭子大，坨坨糖；拇指大，杆杆糖。如若你还不相信，屁眼里头挑点给你尝。”说着将手指在屁股上一划拉，往旁边那人嘴里塞。被喂“糖”的人赶紧躲避，逗得全场哈哈大笑。这个说累了那个上场，说词内容丰富，有幽默搞笑的也有恭维主人家的，有传统的段子也有现编的。“打”到所有人词穷，正版唐二登场：“呔——云南下来一条街，拨浪鼓儿两边排，拨浪鼓儿排左右，好耍娘子跳出来。”伸手邀请立在侧门边男扮女装的旦角幺妹子。花灯锣鼓悠扬，幺妹子指尖转着红罗帕，腰身扭捏，踩着音乐点子进场。两个人脸挨着脸，脚尖绕着脚尖，身子擦着身子，极尽男女调情之能事。所以，民间有规矩：养儿不看戏，养女不看灯。一段锣鼓奏毕，唐二与幺妹子停止舞蹈，耳鬓厮磨，摇头晃脑在堂屋中间绕圈，嘴里唱：“一更里，进绣房，手把栏杆脚踏墙，双手推开门两扇，蜜蜂绕绕桂花香。”拿古人打比喻，唱张生与崔莺莺偷情，梁山伯和祝英台殉情。花灯调曲目众多，分四季调、五更调、八仙调、十二月调、二十四节气调，还有散曲、小调，加上一些“烂肚皮”土秀才见子打子现编，三天三夜唱不完。跳的招式也多，难度最高的是“黄龙缠腰”，幺妹子踩着唐二弓起的膝盖，纵身跳上唐二胸脯，双脚缠过唐二腰身，在背后钩紧，张开双臂，蝴蝶扇翅般对舞。还有站在唐二肩膀上踩高跷舞蹈，双腿夹着唐二脖颈起舞，叫“骑马马肩”。这个跳累那个上，轮番轰炸，因此，幺妹子一般选气饱力胀的小伙子装扮。等所有人满足了表演欲，幺妹子早已累瘫，这个程式才煞尾。时过三更，主人家摆上桌凳，奉上酒食，各角色放下身段，众乐师收起乐器，满屋子吆五喝六，划拳打马，不喝翻几个不罢休。吃的是过年菜，喝的是老土酒，就觉得“打座台”吃得最香，喝得最酣畅。吃饱喝足天已微明，程式还没走完，借着酒劲来两出武戏：合刀，打棍。刀光棍影过后，接着演折子戏，文明的如《目连救母》，粗俗的如《王大娘补缸》，整蛊人的如《恶鸡婆》。唱够了，跳累了，该“送春”了，“春官”手提宫灯，在堂屋里漫步，说春神来历，说春的吉语，直说到晨曦初露。灯头一声断喝，众人睡眼迷糊，强打精神，各自扛起花灯，敲锣打鼓回程。初二晚上接着玩，初三初四初五，一直玩到十五夜“收灯”。众人再次集中到山王庙，请“先生”做法事，焚烧灯笼“谢灯”，感谢灯光菩萨，年才算过完。玩灯人自嘲：初一起，十五散，眼睛熬得稀巴烂。

玩灯如玩票，追灯似追星，会上瘾。过完这个年期盼下个年，谢了这拨灯想着下拨灯，日子就有了盼头。如今，息烽花灯已被列入省级非物质文化遗产名录。每年都回去追几次灯、吃几次“打座台”的我，内心横着一个执念：一定要让太平花灯舞起来，扮靓美丽老家。因为有花灯的年才叫年，有“打座台”的乡村才叫乡村。

乡场酒话

安元奎

很多时候，乡场上的男人们赶场，只是为了一杯摊子酒。

古龙川在两道山脉间转个大弯，山环水绕，状如太极。依山傍水的几十间瓦屋，排列在鹅卵石铺砌的街面两边，就成了回龙场。

回龙场多大？一条独街，这头架起火煮牛肉汤锅，那头闻得到肉味。街面多宽？最窄处，老祖公的长烟杆可以伸到街对面屋檐下去借火。但山不在高，有仙则灵；街不在大，有酒就成。

如果给回龙场分段，大致可分为上、下两个半场。乡场是个互换有无的去处，回龙场的上半场基本体现了这一功能。每个场天，街上的店家一早就打开了店面，他们是小街上的坐贾。而那些行商，赶转转场的小贩们也陆续赶到，将借来的门板或木枋搭成小摊。而有的干脆在地上铺张塑膜，一个摊位就草创而成。这时候的乡场像一个已经布置就绪的露天舞台，只等赶场的角色们粉墨登场了。

日上三竿，才差不多齐场。四面八方的小路上，赶场的人们三三两两，施施而来。他们的背篼或口袋里，准备着换点零钱的土产，多数是米麦苞谷之类，数量不多，三升两升的。也有的从鸡笼里捉来一只鸡，或带来一二十个鸡蛋，用以换一点油盐。图省事的，不管价钱贵贱，在场口就卖给二道贩子，打着摆手上街。稍有心计的，特别是女人们，大多有点惜售，便会在街上支起背篼，待价而沽。乡场的热闹，就这么凑起来了。一般来讲，乡场的上半场总是如此这般，在讨价还价、按部就班中循序进行。

如果回龙场就这样平铺直叙波澜不惊直到散场，难免让人觉得索然无味。回龙场的下半场，才是这一天的高潮。

下午两三点钟，生意接近尾声的时候，回龙场才渐入佳境，慢慢精彩起来。如果说上午的回龙场是世俗的民间故事，下午的回龙场就是诗歌。如果把回龙场的上下午比作宋词的上下阕，那回龙场的上阕一般是叙事，下阕才是抒情。

不过，要是回龙场没有酒，回龙场也不成其为回龙场。在很大程度上，酒支撑着回龙场最为核心的文化内容，铺垫其厚重的底蕴。酒是回龙场的酵母。回龙场醇厚的诗情，完全是靠它发酵的。

某种意义上，回龙场是古龙川方圆几十里的政治、经济、文化中心，是乡下人看得见的一种“世面”。它的存在，早已超越了商品流通的范畴，升级为一种乡村社交场所，一个松散而又紧凑的乡村沙龙。于是下午的回龙场偏离了流通商品的最初轨道，开始转为露天酒吧。满街的摊子酒，就是些乡村吧台。

斗笠般低垂的瓦檐下，是尺把宽的柜台，店里的货架旁边必定是一只醒目的酒坛，不知有多少年月了，亮晃晃的黑釉照得见人影。坛身如罗汉肚一般阔大，坛口却很小。一旦敞开盖子，浓郁的酒香就会逸出来，飘散在狭长的小街上。店主麻利地把一个古旧的竹筒伸下坛去，“咕咚”一声闷响，一筒酒便倒进土碗，碗壁翻起缤纷的酒花。父亲和他那些穿围腰的酒友早就眼巴巴地等在柜前，急切地端起碗来，胀起青筋凸露的脖子，喉结一上一下蠕动，“咕噜咕噜”凉水一般喝下去，三四两酒并不停口，末了碗底朝天，一滴不流。

如此呼朋引伴、三两成帮，要么请人，要么被请。偷偷摸摸吃独食，是没出息而被小看的，因此，气氛就比较热烈。一杯相识，两杯叙旧，喝上三杯五杯，要是话也投缘，差不多快成莫逆之交了。酒是摊子酒，没什么下酒菜。奢侈一点的，就着小块糖果下酒。大多数时候，直接是寡酒。但乡下人知足了，他们的愿望其实很容易满足。我一直在思索，乡场上的男人请客，为什么总是酒字当头。也许其中一种解释是，两角钱一杯的摊子酒惠而不费，谁买单都无所谓。这样的消费，经济与心理上都可以承受，是父老们唯一可以潇洒出手的时候。两毛钱的人情，大约也是天底下最划算的人情，送的人慷慨大方，接受的一方欣然笑纳。我这样的揣度可能有点小人之心，好在酒中的父老们不似我这般小肚鸡肠，早已物我两忘。

父亲后来说，那些年的酒其实很难喝。家家户户口粮青黄不接，哪有余粮烤酒。供销社卖的散酒，多是用红苕烤的，大股霉味和涩味，还不能保证供应。父亲的酒友们有时便从医院里弄来酒精，再兑点水，似乎也喝得有滋有味。

直到二十世纪八十年代，父亲的摊子酒才喝得真正滋润起来。土地下放到户，温饱不成问题，也能喝上苞谷烤的纯粮酒了。那是父亲人生中最快活的一段时光。

那些年，回龙场的下半场，洋溢着酒香的小街便有些飘逸起来。有的人上半场就有酒下肚的，只是三杯两杯，零零星星的，没有记数，到了下半场才开始发膛。已不大记得，也无须记得到底请了别人多少杯，自己又喝了别人多少碗。他们本是黧黑的脸上流溢红光，黯淡的双目开始炯炯发亮，酒气中夹着豪言壮语，踉跄的脚步有时又把地跺得山响。有时因为什么事突然很开心，笑得得意忘形；有时又莫名伤心起来，众目睽睽之下涕泗横流。困了吗？身子往路边一挺，立时鼾声如鼓，大街做席、蓝天为被了。

当夕阳退上瓦脊，行人只剩三两个，小贩早已收摊，店子也开始上门板的时候，父亲和他的酒友们才含糊地记起似乎该回家了，这才怏怏然离开小街。一群人穿出场口，走路的姿势惨不忍睹。步履忽左忽右歪歪斜斜，有时窜到路边，有时挨着坡坎，有些飘忽不定，却也始终不会倒下，极像画上的仙人。如果喝得更尽兴，还要唱起山歌，手之舞之，足之蹈之，虽然粗粝，却也合韵。而夕阳把他们的影子拖得老长老长，折叠着，晃荡在古龙川对岸的山上。这时夕晖泯灭于层叠的梯田，紫色的晚炊从人家的一丛丛风水树上袅袅升起，山上的鸟雀吵得很欢。

其实，对于父亲和他的酒友们来说，乡场只是一个可有可无的背景，只要三五家小店就足够了。甚至小店也可以略去，只要那么三五只酒坛，就足以度过一个惬意的场天。也许只有在酒中，他们才能摆脱繁重生活的羁绊，获得短暂的自由，在五十度以上的蓝色烈焰中，燃烧自我。被掩在尘埃里的他们，在酒中复活。

后来，我从乡下进了县城，道听途说些甲醇乙醇之类的事，便劝父亲少喝摊子酒，逢年过节也买点瓶子酒回家。议价的国酒太贵，只能买点价廉物美的贵阳大曲、乌江二曲之类。父亲识货，说是好酒。但我每月几十块的工资，还无法支撑父亲的酒资。更多时候，他还是在回龙场喝他的摊子酒。

如今，翻过世纪门槛的回龙场，街道拉宽了，也拉长了。摊子酒的那个老掌柜已经作古，儿子成了新掌柜。起了高楼，开成超市，柜台上摆满一排排整整齐齐的瓶子酒。白酒红酒葡萄酒，都有。但父亲那一辈酒友多已成仙，年轻人都杀广（指外出打工）去了，赶场的不是老就是小，有时赶场人还没摆摊子的多。回龙场人影稀疏，空空荡荡。

摊子酒也还有。但他们说，这些年的酒喝得有些寡味，回龙场不大好要了。

文笔书屋

方雁离

一条小河穿过漾月路，河的旁边是电影院，电影院门口有个不足二十平方米的小书店——文笔书屋。这已经是很多很多年前的事了，仅存在于我有限的记忆之中——在经过漾月路的时候，看到或走进一些别的书店的时候，甚至是在异乡，一切与书店有关的事物，每每令它重现于我的眼前，和在这个小城里不断消失掉的其他事物不同，但凡想到它，我总是陷入一种莫名的惶惑中："我记忆中的文笔书屋，它就这样消失了。"

最先消失的是小河，那种象征着城市的钢筋水泥建筑突然闯入，将小河封存于地下，结实坚固的隔绝，使得我连听一听哗哗的流水声音也成了妄想，小城的灵动自然减去不少，甚至可以说几乎没有了。然后，过了好几年，毫无征兆地，电影院及周边要改造，文笔书屋及旁边店铺的墙上，红色的"拆"字像几把直挺挺的红色尖刀，特别刺眼，特别扎心。

风吹动红色上的灰尘，我问："书店呢？"

"喏，巷道里，钢丝床支了个摊，论斤卖。"对面照相馆的人往不远处努了努嘴。我三步并作两步，可巷子里什么也没有，店主已经撤摊了。第二天，第三天，连续几日，我都跑了去，后来问了巷子里的住户，得到的回答是："不会来啦，不会再来啦。"

店主是一个爱读书的男子，他的容貌似乎一直停留在二十五到三十五岁之间，从我第一次经过文笔书店门口开始，见到的都是他埋头于书本的样子。在他面前，一张黑漆桌面、橘黄桌腿的老式木课桌，沉稳安静的色调以及略微的斑驳，与他竟是极为般配，周围的车水马龙、熙来攘往似乎都是另一个世界的事情，与他毫不相干。只在有人买单的时候，他才会抬起头来，仿佛有两条弹力线绷在他的眼球与书本之间，他得很用力、很认真地牵扯，才能把眼睛从正在阅读的书本中挣出来，在一种思绪飘忽、神思恍惚的状态下，从顾客手中接过书，看价格，在计算器上确认价格，找零，再打开内页，周周正正地盖上“文笔书屋”的椭圆形印戳，盖好了，还不忘拿旁边的书本扇一下风，看印戳干透了才交到顾客手里。

然而，这样一个一板一眼行走在“安静”与“慢”里的人，却总是为不可避免的价格加减而不可避免地神情紧张——他是一个有着先天缺陷的人，在小城里，会有人在提起他的时候说“哦，有点包”，在我们的方言里，说一个人“包”的意思就是说傻、智力不足或有障碍。每一次给顾客找零，他总是很认真地数钱，看一遍计算器上显示出来的数字，歪着脑袋很认真地想一下，再把钱递到顾客手里，递的时候，仍然在眨巴着眼睛认真地想，直到得到顾客的确认了，才重新将头埋在书本里。若是恰好遇到急性子的顾客，不等他完成所有的工序，一把抓过钱拿起书就走，他便怅怅然地转着脑袋，想一会儿，在嘴里口算一两遍，再埋头读书。

也就是在我钻进巷子找书的那个时候，我才得知，这个小店是店主的父亲给他开的，而之所以选择给有先天缺陷的儿子开个书店，实在是因为儿子热爱读书胜于热爱生活中其余的一切——一个店，让本已年迈的父亲可以安心地接受衰老和生之终结，让儿子免除生活上的后顾之忧，父子都安然，再没有比这更两全其美的了。

文笔书屋刚消失的那几年，我陆陆续续进过几家别的书店，那充斥眼目的教辅材料，以铺天盖地之势占据着店内最好的空间位置，陈列架上，胶水、一次性碳素笔、作业本，各种文具用品一应俱全，书包挂在头顶，书店更像一个便捷文具店了，文学书籍要么没有，要么躲在一个最不起眼的角落。我不知道该如何迈动步子，身在其中，感觉自己就像一个突然穿越的人，误打误撞于此，很是突兀，举手投足，不知所措。

现在，当我重新回忆并写下这些文字，那种伤感的情愫已经成为一种理性的情愫，一种经过思考和整理的理性的情愫，这是我在对文笔书屋多年沉浸式的怀念里所没有认识到的，这几乎决定了文笔书屋在我内心的唯一地位，而之前我明白它的无可取代，却不明白它为何无可取代。再也没有见到过一个店主坐在收银台后面安静地读书了——我很喜欢那种自由的、闹中取静的阅读状态——这让我更加怀念文笔书屋。可我的文笔书屋，开始了我最初阅读的文笔书屋，与三毛和荷西、席慕蓉、纪伯伦、卡夫卡、川端康成的遇见，《温柔的夜》《七里香》《沙与沫》《失踪的人》《千只鹤》，还有很多很多存于记忆的画面和感觉，让我感受到穿越重重迷雾的自由——“太阳出来了，一只鹰从地面飞向天空。突然，在半空中停住，仿佛凝固在空中，谁也不知道它为什么飞……”我的文笔书屋，就像埋在小城地下的河流，我真的就不能再见到它了。快二十年过去，当年写着大红“拆”字的墙壁早已不知粉刷了多少遍，它们的店铺也换了好几拨主人，我也已经养成了网上购书的习惯，但只要看到“纯粹”的书店，仍然要进去逛上几圈，有时候，一进去就是一下午，最后总得买上一摞，怀揣着小小的心愿：希望下次路过时，它还依然在这里。

当然，在这个小城，后来也曾出现过读库最美书店“李白的店”，我也时常光顾它，但从它的起势我便已看到它的尽头。最终，它却是真的就走向了那个尽头。和这个小城的很多读者一样，我也曾经期盼文笔书屋的重新开张，盼望它以原初的样子出现于街头，但今时今日再想起这个念头，却是自责不已。

后来，也就在两三年前，文笔书屋的消失已经过去了十多年的时间，我再一次见到了书店主人。那是晚上九点来钟，在漾月路边的石栏杆旁，他坐在石墩上，手里捧着一本书，津津有味地看着，脚边是一个卖北京冰糖葫芦的流动车摊。远远地，隔着马路，我在街边与上初中的女儿讲述着——记忆中的文笔书屋，就在我们所站位置的正对面，我们站的地方，是当年我问照相馆老板的地方。

女儿买冰糖葫芦回来，我问她："多少钱？""四块。"她看着我。"店主看的什么书？""不知道，没看到封面。""为什么不多买两串？"我感到非常遗憾，情绪颓然。"妈妈，他没了书店就靠卖冰糖葫芦为生吗？""我尝一颗！"我接过女儿递来的冰糖葫芦，咬下一口，细细地咀嚼，在舌尖上反复回味，我以为可以在冰糖葫芦里尝出书的味道来，尝出记忆中文笔书屋的味道来。

去年春天，我到临沧冰岛茶山去采茶，在勐库镇上，看到了一个安静而纯粹的书店——"云上乡愁"，纯原木装修，清一色的文、史、哲、艺术、自然科学等在我认知范围内的正典书籍，在偏僻嘈杂的小镇上，它与周边的一切格格不入，可正是它的存在，让我产生了与这个小镇对话的冲动，仿佛，我走进的，是我还年轻时的那个书屋。是的，那时候，我还年轻，二十二三岁的年纪，而今，我已到中年，却没有什么事物是回得去的了。那天，在古老的茶山上，接到老师再获重大奖项的电话，想到老师年轻时为了避免打扰，把自己锁在柴棚里考研的事，不免感叹生活多艰，苦尽甘来。我说："真不容易啊，现在的一切是多么好呢！""不，相比这些，我更想得到的还是年轻。"老师沉默了一下，突然说。

故乡的桥

王　刚

试想一下，一路走来，行至水边，却无船可渡，无桥可过，只能站于此岸，眼巴巴眺望彼岸，仿佛近在咫尺，却又遥不可及，这是何等的折磨和无奈？要是天公不作美，或电闪雷鸣，或暴风骤雨，或寒风呼啸，或大雪飘落……那又是何等的纠结和痛苦？尤其是日暮时分，急于赶路的旅人却只能伫立江岸，空对烟雾弥漫的江水，又是何等的无助和孤独？多少年来，我的父老乡亲们就处于这样的困境之中，一条河甚至一条溪就能困住不辞辛劳的脚步。他们为此无奈过，叹息过，埋怨过，痛苦过，甚至为此付出了生命的代价。

多年之后，我常常想象这样的情景：一群黝黑古朴的乡亲，徘徊于河之岸，望穿秋水，满脸愁容，声声叹息，涕泪涟涟。就这样，望了一年又一年，有的人老了，倒在水边，成为凝固的石像。后来的人又站于水边，以祖辈一样的姿势，望水兴叹。有人战战兢兢迈出脚步，希望从水中踏出一条通向彼岸的路，结果淹没在了滚滚流水之中。时至今天，我依稀能听见从水中传来的哀号声。因为桥，我的父老乡亲们上演过一出出触目惊心的悲剧。

如果你去过我的家乡花嘎，你肯定听说过一座奇特的桥——竹竿桥。竹竿桥位于水流湍急的毛从河，搭建于两株粗壮的火绳树上，是连接两岸的唯一通道。根据桥头的石牌，可知这座桥建于道光年间。据老人们说，很久很久以前，毛从河上没有桥，两岸村民来往相当不便。不少人铤而走险，涉水而行，结果却沉没于滚滚水流。后来，一位布依族老人在河的两岸种了两棵极易生长的火绳树，让树的躯干朝着河心倾斜成长。多年以后，两株树终于跨河牵手。人们按照布依老人的遗愿，在两株大树的肩上，用竹子搭起了这座桥。

要去竹竿桥，并不是一件容易的事。没有公路，无法骑车，只得步行。先爬上一座大山，然后向下俯瞰，谷底就是毛从河了。顺着大山一直往下，大概走一个小时的崎岖山路，才到达毛从河边。再沿着毛从河岸向下游走，至少要走半个小时，才能抵达竹竿桥所在位置。由于年代久远，铁索长满红色铁锈，竹竿破破烂烂，不禁让人感叹岁月的沧桑。走在高高的桥上，晃晃悠悠，水声如雷，不禁让人心惊胆战。扶手也是竹竿做的，已经开裂腐朽，根本不敢用手去扶。只有那两棵大树，静静地矗立在河岸几百年，其坚定不移的身躯给人一种勇气。

桥那边是“花水”村，居住的全是布依族人。因为桥的缘故，家长们宁愿让孩子在家放牛，也不让他们去学校读书。这不难理解，读书与性命相比，当然性命更为重要。有个叫杨群的小姑娘，不顾竹竿桥的危险，坚持到乡中学读书。每个周末回家，母亲总要来到河岸，看着女儿踩着晃悠悠的竹竿桥走过来；每次从家返校，母亲都要把女儿送到河边，看着女儿踩着晃悠悠的竹竿桥走过去。我很难想象，一个小姑娘独自走在竹竿桥上是何感受；我也很难想象，一个母亲看着女儿走在竹竿桥上是何种心情？在我的脑海中，常常浮想出这样一幅图景：一条湍急的河流，两棵高大的火绳树，一座无比沧桑的竹桥，一位瘦小的母亲在河岸翘首盼望，一个女孩正踩着风雨飘摇的竹竿桥，小心翼翼地行走。

除了竹竿桥，乌图河上还有一座奇特的桥。这座桥极为简陋，不过是用竹篾条和棕绳把几块长木板捆在一起，连扶手也没有。走在桥上，木板晃晃荡荡，身子随之摇来晃去，真有一种被抛到云里雾里的感觉。

胆大的往往骂一声娘，慢吞吞地走到对岸；胆小的高呼救命，蹲在桥上，不敢向前，也不敢退后。时间长了，人们慢慢习惯了桥的摇晃，忽视了致命的危险。当一行人走在桥上，经常有人故意用脚跺桥，桥一边晃动，一边吱吱呀呀地叫。可叹的是，没人听见木板承受极限压力时的警报，还把那吱吱呀呀的声音当作了美妙的音乐。

那是一个雨天，四五个赶集的人走上木桥。河水暴涨，吼声如雷，浊浪滔天。他们走到桥中央时，一个大个子用脚猛跺木板，桥身猛烈地摇晃起来。只听“轰”的一声，木桥从中断开，桥上的人全部掉入了滔滔洪水。几个男人经过一番苦苦挣扎，终于幸运地爬到了岸边，侥幸捡回一条性命。可有一个孕妇，由于不会游泳，且又身体笨重，挣扎中被浪头卷入浊水，不知所终。

真的，多少年来，我的祖辈或乡亲们每每行到水边，最害怕遇雨天。多年以来，有多少悲剧在水边上演？有多少眼泪如雨，汇入滚滚洪流？

花嘎境内的北盘江河段，有一处被乡亲们称为渡口。名曰渡口，其实没有船，也没有桥。之所以称为渡口，是因为可以乘坐“滑轮”过江。简而言之，就是在江面横牵一铁索，在铁索上安装一滑轮，然后用一根绳子经过滑轮，吊下一敞口的木箱，过江的人坐在木箱中，经营者拉动滑轮，就可以晃晃荡荡地过去了。毫无疑问，这是一种高风险的过江方式，绳索一旦磨断，过江的人将会掉入水中，葬身鱼腹。曾有这样一对母子，准备过江奔丧，冒雨上了滑轮。由于风大雨大，滑轮的拉动非常艰难，进展缓慢，更要命的是，竟在半途卡住了，既不能进，也不能退。在反复拉动之间，绳索先被磨损，后被磨断，母子俩掉入了滔天浊流中。就这样，他们为过江付出了生命的代价。

每次站在渡口，看着江面的绳索，我总不寒而栗。我常常觉得，这片水域活跃着冤魂野鬼，他们衣衫褴褛地徘徊在水边，叹息嘶叫啼哭，寻找着倒霉蛋当自己的替身。站在江边，听涛声阵阵响起，如诉如泣，不绝如缕。

就这样，桥成了父老乡亲们最沉重最伤感的话题。一路走来，行至水边，却无船可渡，无桥可过，这是何等的折磨和无奈？又是何等的纠结和痛苦？

真的，我做梦也没想到，我的乡亲们有一天能够摆脱水的围困。多少年来，桥成为最伤感的话题，让我不敢触碰。真的，我实在没想到，忽然有一天，我的家乡发生了翻天覆地的变化。“忽如一夜春风来，千树万树梨花开”，站在水边的父老乡亲们，一下子结束了被水欺辱被桥困惑的日子。

一声炮响，东线公路破土动工了。我那偏僻闭塞的家乡，忽然涌来了浩浩荡荡的修路大军，驻进了这块荒凉的土地。他们犹如神兵天将，遇山开山，逢水搭桥。乌图河、北盘江以及大大小小的沟壑，在不到一年的时间，一座座美丽的桥横跨两岸，天堑转眼变为通途。

紧接着，各村开始修建“村村通”公路，一条条宽广的大道通向了大大小小的村落，把千家万户连在了一起。尤其值得一提的是，波涛滚滚的毛从河上，一座坚固的石拱桥从此岸跨向彼岸，竹竿桥已经成为永久的历史。

是的，“无桥可过”已成为历史。不必再去走摇摇晃晃的竹竿桥了，不必再去走荡荡悠悠的木桥了，不必再去渡口坐要命的滑轮了。伟人说得好啊，“一桥飞架南北，天堑变通途”。有了这些坚固的桥，我的父老乡亲，以及千千万万的百姓，将从此岸迈向幸福的彼岸，走向幸福的康庄大道。

遁入暗夜

赵以琴

二十世纪九十年代，是乡场最为火盛的时期，远离城市深居山里的乡下人把对生活的希望，对未来的幻想积攒起来，等到赶场这天，一并兑现，去到乡场清闲玩耍一天。当然，也有背着背篓、提着竹篮、牵着马匹、唤着阿黄的，如一支赶赴战场的军队般涌入窄而狭长却拥挤不堪的乡场。看足想看的，买完想买的，吃尽想吃的，玩翻想玩的，或换取两个碎银，买上一根红头绳、一双水胶鞋、两个花枕头，兴高采烈地回家哄娃喂猪，一天愉快的生活就这样过去了。

乡场并不大，只有两条街，一条老街，一条新街。新老街以桥为界线，桥的东头是老街，西头是新街，赶场的人们就在这两条不足三公里长的街上从早上一直逛到晚上，还依依不舍。我家在新街，家门前宽大平坦，还有一片馨香的洋槐和一院嫩绿的水白杨及一条哗哗流淌的大河，自然形成了农贸市场，欢腾一片，我家的乡场生意也因此做得风生水起。

1

母亲在村街上开了一家豆花饭店，兼卖米皮、凉粉、饺子、包子等，生意火爆得可以用门庭若市来形容。天还未亮，就听到稀稀拉拉的哄闹声，等天大亮，人群已挤满了饭店门口，有吆喝着来一碗豆花饭的，有吆喝着来喝一碗告水的。无论是哪类顾客，母亲都不嫌弃，皆请进门，好生招呼坐下。端来一碗米饭、一碗水豆花、一碗油辣椒，放置客人面前，客人还未开吃，就已口舌生津。也有只要一碗水豆花，喊叫着来二两苞谷烧的，那滋味，那场景，可说是何其满足，何其辉煌。母亲甩着两条大辫子，在厨房与客人之间忙碌着，如一只欢快的翠鸟。我们几姊妹也兴奋得不知如何是好，帮着母亲洗碗、收碗、擦桌子，甚至还帮着收钱。等客人稍微松散一些，我们拿起大花碗，也不管母亲同意与否，挖上一碗米饭，舀上一勺水豆花盖于米饭上，放上各种调料，呼呼大吃起来。等客人再来，水豆花也被我们几姊妹干光，母亲只笑说："一群贪吃鬼。"

在母亲的豆花饭店里，有一位必不可少的客人，无论是刮风下雨还是冰天雪地，他必到母亲的豆花饭店。有时空手而来，有时肩膀上挎个黑色人造革皮包。进门常是轻声且温柔地喊一句"宋先"。母亲则简洁而面带笑容地回应道："来了。"这位客人很特殊，并非一般商贩，也并非一般吃客，他是一位年过七旬的老人。穿一件浆洗得发白的老蓝布大衣，戴一顶陈旧的却并不肮脏的雷锋帽，脸上堆满笑容，小眼睛黑亮而专注，高大的红鼻头布满凹凸不平的小坑，但却并不影响他面部表情的和蔼可亲及善意友爱。空手来时，就在店中和母亲拉拉家常，也不说吃豆花饭的事，但母亲往往会主动端上一碗豆花，挖上一两苞谷酒，劝说老人趁热吃。挎着皮包来时，母亲则接过老人肩上的皮包，腾出包内的物品，递上钱票，老人就笑眯眯地说："麻烦了，宋先。"多年后，再不见老人身影，问及母亲，母亲却眼眶发热。我们也才知，老人是一位孤寡老人，自种一些小麦、豆子、大米之类的，逢集就提到母亲这里，随便母亲看着给一点钱。

2

父亲在桥头摆起了猪肉摊。这些猪肉是父亲十里八乡走山串寨拉来的，无论是肉色上，还是猪的膘肥上，还是喂猪的原料上，父亲都是很讲究的。越偏远的地方，父亲越愿意去，他说："喂猪草的猪，肉细嫩，好吃；用饲料催肥的猪，如吃吹胀的气球。"偏远地方的乡人一出门就是大山、青草，随便薅一些背回家煮熟喂白猪，是最好不过的了。整个桥头的猪肉摊，数父亲摊位前的人最拥挤，也最诚恳，因为大多数都是回头客，买过一两次，必定会来第三次，说："赵师傅不麻秤、也不坑人。"一般屠户若客人说要一斤肉，屠户肯定不会只砍一斤，随便一刀下去，飙出个两斤是常有的事，若对方争执说要不了这么多，屠户则说："砍都砍起了，又粘不回去了。"客人也只好作罢，硬着头皮要下，心里就会发誓，下次，再不买他的猪肉。父亲是桥头最实在的屠户，因为父亲常说："将心比心。"但无论父亲生意如何好，都会选择一些边角料留下，如什么猪皮呀，大骨呀，飞机排骨呀，潮头肉呀，肠子呀，肚子呀，等等，给我们炖上一锅萝卜，炒一盘酸辣椒猪皮或潮头肉，也足以满足我们几姊妹寡淡的味蕾。

一日，不知何故，父亲与人吵了起来，还脸红脖子粗地喊道："哪个××的才卖母猪肉。"可与之发生争执的人却并不理睬父亲，垮着脸横着鼻子上到吉普车里。父亲见对方无视他的存在，上前拍响车门，吼道："有本事你别走。"此事之后，父亲的猪肉摊生意有所下滑，平日见到的熟脸也背对父亲，不再拥挤着上前夸赞说："赵师傅卖的猪肉正宗。"而是另外一种声音，说："知人知面不知心，天下的屠夫就没一个好货。"天长日久，父亲依然风里来雨里去，剩下的大半猪肉，父亲做成酸酢肉，炸成酥肉，包成香肠肉等等，我们几姊妹都吃胖了。可日久见人心这句话一点都不假，父亲的熟客在其他猪肉摊混迹了一段时间，还是觉得父亲这里好，又一窝蜂般地拥向父亲的摊位。至于那个坐进吉普车的人，无论是说父亲卖的是母猪肉，还是说父亲是刁民，都起不到任何作用，父亲的猪肉摊生意依然红红火火。

3

祖父开了一家烟酒店，主营烟酒以及一些日常用品，比如洗衣粉肥皂、味精食盐、糖果饼子、火炮跳猫之类的。前来赶场的乡人喝杯小酒买包纸烟，闲扯一阵，顺便捎上一包洗衣粉或者一包味精食盐之类的，只有等过年时节，才买上一些糖果饼子、火炮跳猫以供孩子吃和玩耍。我们几姊妹只有大姐对祖父烟酒店的酒有兴趣，每夜睡觉前必饮一小杯，说是好睡瞌睡，也可舒筋活血。直到大姐出嫁，跟祖父埋怨说："喝酒不方便。"祖父则说："打一瓶藏在床底下，睡觉前喝一口。"我们都笑话大姐是酒鬼，大姐却取笑我们说："不懂科学，还骑摩托。"也不知道是何原因，来到店里的熟客，都喊祖父二爸，反倒淡去了祖父的本名，祖父也心甘情愿地答应着熟客的喊叫。一次，一个面孔不太熟识的女人凑到祖父店前，高声大气地喊着二爸、二爸。拿出一张百元大钞，说道："二爸，撕散哈也，整个乡场上只有你老人家能撕散大票子。"祖父瞥了一眼女人，觉得眼生，正想张口问女人是哪家的娃。还没等问，女人又喳啦起来。祖父上当了，这是一张假钞。我们几姊妹马不停蹄地在乡场上四处找寻女人的影子，可哪里寻得到啊。熟客们都义愤填膺，说："太没良心了。"祖父虽然丢失了一百元钱，但并不影响祖父生意的好坏以及他对这一行当的热衷及追求。祖父为了招揽更多的客人，把一大砂罐茶水放在柜台上，免费供人取用。乡人每到此处，必在这里歇脚，这似乎成了一处驿站，祖父的心里甜滋滋地看着穿梭不断的人群。

因为这杯茶，才有了我后来的铁饭碗。一位穿戴整齐的公家人气喘吁吁地来到祖父柜台前，说："走累了，在你这儿歇哈。"祖父见他模样和农人不同，有意和他聊起来，询问对方是去公干了还是怎么了，跑得这么累。公家人喝了一杯茶，稍作调整，和祖父把话拉开了。说："去赵家坡找个姑娘，这个姑娘考上了师范学校，但一直未领取通知书，马上开学了，怕耽误报到，所以，就去一家一家问，但问了之后，居然都不知道这姑娘是谁家的。"祖父敏锐地感觉到，这个姑娘会不会是他的其中一个孙女呢？迅即问道："能告诉我姑娘名字不，我看看，我认识不？"客人一说，祖父立马拉住客人，又是敬烟，又是请喝酒，高喊祖母弄个酸酢肉下酒。我的录取通知书就这样到了我的手中，我也因此有了一份体面的工作，还是祖父送我去报的到，说："女孩子，教书好，人民教师光荣。"

如今，赶场的人越来越少，乡场如放置多年的农具一般，既锈迹斑斑又孤苦伶仃。我家，亲人相继离世，门庭冷落，院前的洋槐树水白杨早就倒地一片。也许在另一个乡场，母亲的豆花饭店比当年生意更好，父亲的猪肉摊不再被冤说卖母猪肉，那个女骗子归还了祖父烟酒店的百元大钞，他们忙着了……

寻命乡味

陈峻峰

晚宴安排在蓼乡大酒店，这是要来吃家乡菜了。酒店说不上豪华，但在这座淮上小城，还是有些口碑和档次。进门是巨大挡中屏风，红木浅浮雕，下大部为大别山的层峦叠嶂，上为淮河，若绘制者果然依据了地理的坐标，正好是故乡一幅三维方舆图。酒店包间在屏风两侧，客人被服务生引领着，一转身，仿佛进到山水里去。廊道是故意的窄，打开包间的门，豁然明亮和宽敞；吊顶或者也是故意的低，让人不能张扬；四壁黑白条块点缀，余为当下流行灰，灰有一种奇异效果，令空间呈静态，你在房间里聚餐，就觉得整个大酒店里只设了你这一桌。

故乡固始，为古蓼国，常被亲切唤作蓼乡。蓼乡大酒店，开在异乡的城市，定位为故乡人。别人尝新，而你是寻命，没办法，老家话说，好这一口。今晚是在南方的一位本乡同学回来，叫人张罗了，把本城同学都叫上一聚；这本该我们请他，他却执意要请大家，吃固始菜，讲老家话，叙旧时情。陆续到齐了，才发现本城同学好多也是许久没见面了，而时间却在悄然流走，一代人芳华已逝，就这么老了。入座，主席位留给南方回来的同学，余按当年年级、班次排；同学大气，酒是茅台，菜委托了张罗者点的，凉菜向来是搭配，嫩头青萝卜、荆芥拌凉皮，少不了一大盘固始腊肴拼盘；热菜为主，不用说有旱鹅块、面炕鱼、绿豆丸子、松花皮丝、炖脚筋肉、炖固始老母鸡、腊羊坯子火锅等，主食油盐干饭和挂面。南方回来的同学几乎对每一道菜都大赞，说是这个味儿。啥味儿？不知道。快结束时，他站起来，将偌大桌子巡视一遍，惊叫：咋没腊菜？！我就笑了，和他解释，腊菜不是“菜”。所有酒店，即便在固始，酒席都不上腊菜。张罗者也凑上打趣，说有喝茅台就腊菜的吗？同学略有醉意，像小孩子要赖，说我想吃——他那样子让我想起《醒世姻缘传》中，说寄姐“头晕恶心，眼困神疲”，老公狄希陈慌忙去刑部街，买了蜜梅和“固始鹅”——那可正合了寄姐的心意：“像寻了性命！”可不是，瞅我同学，还在那里不依不饶，对我说：“明个，你，得陪我回，高低斗（吃）一顿稠巴巴的大豇豆稀饭就腊菜！”“寻命呢？”同学说：“就是寻命。”

晚宴就在固始腊菜这个点上欢声笑语地散了。

同学说的腊菜在固始有两讲。一是指入冬后家家户户准备过年腌制的腊肴。家禽家畜，全部肉食类，挂满廊檐、天台、墙壁、衣架，冬日暖阳里，万家腊肴，蔚为壮观，成为固始人年节一道盛景，有人家一直吃到插秧季。禽类不好保存，所剩主要是腊肉，四五扁指厚的肥膘，透亮，滴油，彻底 “腊”好了，风干了，放地锅里煮，不一会儿那腊味的特别香气，浓郁了整个村庄，不可抵抗。二是指同学嚷着要吃的腌制的蔬菜。——我一直无法形容或者指明这种植物，像极了雪里蕻，但一定不是雪里蕻；类似野生的“毛腊菜”，又没有毛腊菜糙：介于二者之间。“腊菜”既是它作为植物的本名，也是它作为“菜”的类别。陪同回老家的另一同学说他知道腊菜是啥菜。“啥菜？”“十字花科叶用芥菜的优良品种。”他说，“我手机里存有份资料，念你们听——固始腊菜株高一般35厘米，株幅31厘米，叶深绿色，叶柄甚短，附着一层薄薄的蜡粉。腌制好的腊菜色橙黄，半透明有光泽，香味浓，质地清脆，可口……”同学很优雅地制止了他，一起说起小时候家里人腌腊菜。这是一个农家过日子进入冬月最重要的事项，固然腊菜永远都不是主菜，上不了桌，但它贯穿一年几乎每一顿饭食，有了它，让人安心，因此，你必须有足够的储备，还要小心翼翼。腌制坏了是经常的事。固始腊菜分两季，小部分是春腊菜，重头是秋腊菜，得上心，把握好种植时间，掐着点在经霜后半个月采收，不老不嫩。充分漂洗干净，勿伤了茎叶，晾晒，打蔫了，一把把给切成小段，撒上盐，用巧劲揉搓均匀，然后装入瓦缸——固始统称腊菜坛子——铺一层，用棒槌捣紧，再铺一层，再捣紧，满了，敞口等水渗完，用塑料薄膜扎紧坛口，上扣一饭碗，再用黄泥封死。一月后便可打开来吃。生食、炒食、煨食，餐餐皆可，下饭。吃着掏着，能吃一年多不坏。

乡村经验传承，谁都会，但腌腊菜却是择人、择手——同学说他勤劳的母亲就不行，腌一回酸一回；奶奶也不行。你还别不信、不服，请四姨来腌，二年打开来，果然黄澄澄的透亮。忍不住，捏个吃，那个脆生，那个腊菜味啊，五脏六腑都激灵起，要人亲命。我说："到固始，管你够。"同学说："管不够。"

二十世纪八十年代初，冰河开化，大地惊蛰，最先醒来的是固始的农民，他们将城乡二元结构的桎梏撕开一个口子，从那里挤身出来，含泪告别世代生存的村庄和土地，毅然决然，义无反顾，向梦想和传说的中国南方奔赴。他们原本就是为着祖辈的苦难和贫穷被迫出逃，但当他们交付土地的忠诚和卑微，一天天抬起头来，见天见地，就有了眼界、胸怀和担当，以及人的尊严。中国改革开放的壮丽进程，固始打工者在其中，不乏成功者，他们为之做出巨大付出和牺牲，未来的纪念碑上，应该镌刻上他们的名字。

那里面就有我同学。如今他们全家落户他乡，成为城市新移民，他却遭遇了身份的尴尬：子女在填写籍贯时，已经不是固始了；生猛海鲜里，一次次寻觅记忆里的味道；踏上归途，直奔那一碗稠巴巴的大豇豆稀饭和腊菜……到固始那天，我们并没立即回乡，在县城住下来，参观了“根亲园”，领略了东城门的夜景，感受蓼城巨变。次日酒店有免费早餐，固始特色，家常菜，丰盛得超出想象。待每个人聚了过来，一看，都有腊菜！相互瞅瞅，会心而笑。同学感叹，这就是命啊！在南方时，常常想家、想腊菜，那种想，没人能体会；后来琢磨，是真想要吃腊菜吗？也不是，不知想什么。就是想。想得很。想得要命。故乡之味沉淀，已是血液里的盐，生命密码，染色体，情感罂粟，精神的块垒和光芒，不能用食品和健康的标准衡量；同学说，腊菜对于他，不是食品。在根亲园参观，知固始近年打造中原根亲文化，“晋人驿站，唐人故里，闽台祖地，客家原乡”，也不单是为宣传用，因为随便一说，就有西晋“衣冠南渡，士族八姓”，唐初“开漳圣王”陈元光、唐末“闽王”王审知三兄弟、民族英雄郑成功、靖海侯施琅、爱国华侨陈嘉庚等，以及闽粤赣、港澳台与海外万千客家游子，皆视固始为祖籍地，自称固始人。当年经固始南迁的中原人，走淮河，走长江，走九江和赣江，还有一条路，就是走淮河，转运河，在浙江江山，进入武夷山孔道，到达闽地。同学说，陈元光之父陈政，于唐初奉诏南下入闽，平叛啸乱，后有陈元光祖母魏妈带陈元光随长子陈敏、次子陈敷千里驰援，走的就是这条路。在行至浙江江山落霞山，陈敏、陈敷相继病逝。魏妈含泪葬子，领兵继续南征，终与陈政会合。同学说，我去过江山考察，因水土，还有瘴气，当时病死的，还有一大批固始子弟，在江山以及落霞山，发现了好多腊菜坛子，里面装着的是他们的尸骨。猜想，那一支从固始出发的队伍，那些年轻的固始府兵、蓼乡子弟，出门时每个人身上都背着一坛固始腊菜，漫漫征程中那是赖以生存续命之物，却绝难想到，吃完后那空了的坛子，成了用来盛殓他们尸骨和亡灵的容器，并永远被埋葬在荒野他乡。同学说，我见到了那些坛子，是那么熟悉。贴近闻闻，是腊菜的味儿；靠前听听，有人的哭泣。同学说他当时就有冲动，想和老家说说，把这些装着尸骨的坛子，运回固始安葬。高山峨峨，河水泱泱，父兮母兮，道里悠长，上千年了，该领着那些固始的孩子回家了。

同学的话，意外给了固始腊菜存在于时间上的推断，我们却沉浸在了那些生命的故事里，没人说话，也没人动筷子，仿佛晨祷和沉思——腊菜、腊肴，命数、命，我们这些逃离者，可能是最后与土地有牵挂的一代人了，旧物事正在退场，新时代已经到来，回乡的这个早晨，我们更像是告别和迎接。

味　道

朱　强

在汤湖，几把椅子一张方桌一壶茶水，几个人可以从早晨坐到太阳落山，板凳都被人给坐穿了。话是说不尽的，泡在茶水里的日子颇有点山中无日月的意味。茶联系的世界，并不是具象的。它的流动与变幻性远远超出了一个山中小镇能够容纳的范围。

时间正是南方的冬月，太阳在家家户户的窗子上挂着，对面的红砖墙上，人家腌制好的板鸭透出光艳油亮的色彩。新年就要来了。梁师傅的工作室里水仙竞放，喜气盈盈。茶友们围坐着一张原木大板，正在海阔天空地漫谈。生活在茶水的浸泡中，有了山明水净的味道。梁师傅话并不多。他只负责不间断地探过身来，给茶友们续水。碧透的茶叶在玻璃杯中上下翻滚。它们像陈年的旧事不断地被人述说。这是一杯有说不完故事的茶。梁师傅并不提生意场上的鲜花烈火，只津津乐道于梁家人的事。茶是流淌在梁家人身体里的另一条血脉，往往人未出生，一生该做的事就已经被提前规划好了。

此时，工作室里茶烟鼎沸。一盏茶过去，茶友们人面桃花，口齿生香。梁师傅提起了一件旧事。那是1952年冬，远在深山中的汤湖，漫天大雪，雪压青松，岭上银装素裹。梁德梅守着一炉炭火，火光在一层薄薄的白灰里跳动。锅还没有来得及烘热，这边就听见了迫促的敲门声，一问，原是县里来人，请梁德梅到土特产交流会上介绍制茶经验的。老师傅自是去了，他天南地北足足讲了一个半钟头，但这一片叶子究竟是怎么成为这一锅好茶的他却只字未提。众人无奈，发一声叹，只好作罢。时间转眼又过了六年，公私合营的气氛在外面被搅得浩浩欲沸。此时的汤湖，狗牯脑茶加工厂顺势揭牌，为此，厂里专门组建了一个技术传授小组。上一辈人不便出面的事到下一辈人就显得顺理成章了。梁德梅的儿子梁奇桂出山挂帅，成了传授组长。梁家人为了与滚滚向前的宏大历史展开对话，也为了更加长久地守护祖辈留下的基业，他们不得不放弃旧章，拥抱新我，决绝地向着未来奔去。

杯中的茶渐渐淡了，壶中的水再一次沸腾。梁师傅望着壶里的白色水花，眼睛里有了一片海。这个不及两万人口的山中小镇，的确是一片茶的海洋。门前绿浪千层，风动时好像战马奔腾，声如崩山。大小作坊，遍布于镇子的各个角落。茶已经成了村民们开辟新生活的绿色产业。可是，人们却很难对来自两个不同作坊的茶的品质立判高下。在完全机械化生产的流水作业中，茶与茶之间分别已不大明显。对于新型的制茶工艺，茶农们自然是扫榻相迎。谁会与自己的体力过不去？原本劳作一整个晚上，顶多也只能出十斤茶。借助机械，茶农们已清楚地认识了自己双手的局限。与手工茶相比，机械制茶，不仅香气馥郁，还能有效地剔除杂质。谁愿意在一杯碧透的茶汤中喝出一根大煞风景的头发丝？商品经济时代，正在为一片叶子的旅行更换线路。也许，老一辈茶人做梦也不会想到，与一杯清香四溢的茶相连接的，竟然是电源、齿轮、不锈钢、橡胶管、排风扇、照明灯等一系列散发着工业气味的事物……虽然有眼福、口福的人还能亲尝到古法制茶的风景，但那基本上属于表演，而非实实在在的工艺。

往事故人随风而散，许多东西虽仍然存在，但它却接受了一次脱胎换骨的嬗变。尽管在物的层面，还维系着原有之名，但从另一个意义上说，它却早已是旧邦中的新命。茶已不再是从前的那一盏茶了，别指望这一盏茶里，还有多少从前的月白风清。

如按照梁师傅的说法，传统手工茶的制作必然是融入了日月星、水火风与精气神的。从山里采摘回来的鲜叶，身上都有股重重的青气。有青气的只是一片叶子，而不是茶。茶师傅就是负责杀青。杀青却不是真的杀。杀青前，得把叶子放在阴凉的屋檐底下晾，晾好了，又要在竹簸里摇，青一摇就醒了，茶师傅把一口黑漆漆的铁锅烘得锃亮。铁锅下是红红的炭，青青的叶子下到锅里。随即就有一双手伸进了叶子，满锅的绿叶兀自纷纷扬扬，好像腾起了一阵飓风。渐渐地，白烟四起，清香盈室，之前绿意袭人的叶子颜色竟也暗了，形容竟也靡了，靡了的叶子被盛进了一口平底竹簸。

现在，仍然是那一双手，粗糙的，纤细的，或厚实的手。

杀青好的叶子，被吸到了这一双手中。叶子在迅速地聚拢，手的弧线也在轻轻地转动。两只手上的力正好是相反的。力把叶子贴紧、拉伸、挤压。松软的叶子很快就抱成了一个绿色的球，听得见叶脉破裂的声音。像薄薄的纸被撕开。竹簸也染成了绿色。不想，两只手分开得毫无征兆，抱紧的球，说散就散了。散成了无数条黑亮、卷曲的精魄。

其实，这一切都寻常得很，这也是一片叶子通往茶的必经之路。茶和人一样，不走过长长的路，就成不了一片真正的茶叶。但梁家的狗牯脑茶却有一个走回头路的过程。因为增加了二次杀青与二次揉捻。这种拐了弯的哲学也让它的生命多添了几重年华、几番世故。

一锅好茶，烘托出千百个繁盛自足的日子。梁家人的历史就由这一缕缕茶烟、一条条水线连着，多少年了，也从没有断过。尽管做茶的这一双手，这一炉炭，被替换成了轰鸣的机器，但这机器中，却仍然有着一个最根本的、来自内部的声音。那是梁家人血脉骨头里的声音。狂风横扫而过，无数的房屋塌了。与这一碗茶有关的历史也被时间的废墟湮没。很难得知，狗牯脑茶被命名的具体年月。也或许，它一直在。它的另一端隐于袅袅的茶烟，只向着无限的将来抛出了一条长长的绳索。但不管怎样，这好歹是为历史的连续性提供了一条清楚的脉。

1915年，赴洋参加万国博览会的中国货品，总数多达十万余件。即便是换在今天，这也算得上是不小的数字了。沿着展厅长廊一路望去，是“南昌文虎牌茶”，是“地球牌红茶”，是“江苏美利酒”，是“黄晖吉白玫瑰酒”，是“汪裕泰茶”，是“李玉山送来的茶”……它们如雪白的眸子，在人前倏然一闪。看展的人，一时恍然：原来这些丰饶的物，也是被命名过的。它们试图通过命名的方式，竭力寻找一个生气勃勃的现代中国。

百年光阴，好像覆盖在板桥上薄薄的一层霜迹，说化也就化了。当年名噪一时、家喻户晓的牌子也似睡醒时的秋山，早已无处可寻。时间的旷野，惟余莽莽。许多的事物是火尽，薪也尽了。今天的企业家们即使有心振兴民族品牌，但因无法证明物与物之间确凿有序的传承关系，面对一大堆尘封的“老字号”，奈何，也只能是望洋兴叹！

暮色四垂，喝茶的一众人，纷纷散去。茶多酚像头猛虎，在身体里咆哮。又是一个醉茶之夜，醉茶和醉酒截然不同，醉茶者的脑壳里永远有一架不断自我敲击的钟摆。我在小镇的街上疾走。两旁黑魆魆的暗影正从我的耳郭旁掠过，也许是落光了叶子的树，也或者是已经歇业的店铺。小镇的夜色是它的一件带有欺骗性的外衣，被茶水浸泡的镇子，入夜以后，内部是通亮的。每一张床上都可能卧着一个思想者，他们在为白天做下的一笔生意重新拨弄算盘，也可能在计划明天的事情。

一杯茶，使我无意间掉进了这个小镇漆黑的时间深处。我被无尽的往事死死地拽着。它们好像都希望通过我的嘴，说出事情的真相。茶在这个南方小镇，原本只是一片普通的叶子；它隐蔽在日常事物的海洋之中，永远都没有可能成为叙述的主体。但是历史本来就是一个游戏，不仅输赢从无定数，便是主角也是随时更换的。当茶成为一条时间的主线，许多原本重要的东西也被推向了舞台的边缘。一杯热茶，可能是好戏正在上演，一旦茶凉了，事情又有了变化。制茶的人，双手触摸的是一段段滚烫的历史，而喝茶的人，喝的却是生生不绝的“意思”。镇上的老师傅们拖着长长的背影俱已走远。或许，他们是真的成了一个个春天的芽头。茶水映照的世界，色彩斑斓，新旧交错。真像是一块神奇的时间的镜子。

酒好巷子深

陈　鑫

我是在儿童电影院长大的。

二十世纪八十年代的贵阳，中心城区北到六广门，南到大南门，西至大西门，东面是东山，出了这个地界都是郊区。最中心地带莫过于从大十字到小十字这段。儿童电影院就在这个区域的富水中路。

电影院的北墙外是一条窄窄细细的巷子，电影院有多深，这条巷子就有多深。电影散场后只从南面的太平门放行，北面的两扇八字门彻底封闭，于是巷子里的人家顺着北墙一溜堆满了煤，对应着自己家房子的宽度，每家一段，绝不能越界。巷子更窄了，住在深处的人家推着自行车或者担着水，身体都立得笔直，前后水桶与身体对成一条线，不然把谁家的煤碰下来不是简简单单码回去完事，而是要吵架的。我家就住在巷子深处，推自行车和担水都是我每天要做的事情。

小巷虽然是一根直线到底，但在它中段有道槽门，后面是天井，如果从高处看下去就像手扶拖拉机的摇柄。这是本地解放前一个大户人家的宅子，天井内是主人的正房，槽门外巷子最窄的一排是马夫、用人住的偏房。天井中有一棵古老的银杏树，我家大门对着那棵树，因此，门口十分宽敞。

每到放学，我最惦记的事就是取下家里挂着的轻便木楼梯，架在影院青砖外墙红漆剥落的巨大木百叶窗下，透过有限的缝隙偷看电影。电影开始前要加映一场科普片，类似今天的广告，人们往往不耐烦。不耐烦也必须耐着性子看完。正是看了某场科普片——以漫画形式宣传细菌透过手纸传递在手上这类卫生常识，我记住了饭前便后要洗手。

那时的影片很少，每上映一部新片电影院的售票窗口总会人山人海，以至于后来不得不把售票口搬到了马路对面正新街路口的一个独立售票点。我记忆中最壮观的一次抢票场景是上映《少林寺》，那几天，整个富水路与正新街交叉的丁字路口被人群完全阻断，好在当时这两条街都没有公交车，骑自行车的人都识趣地绕路而行，所以并不影响交通，也没有警察执勤。我看到一个勇敢的人因为一直没能接近售票窗口而奋勇一跃，从乌压压涌动的人头上爬向售票口，终于把死死捏成团、汗津津的票子递进了拱形的神秘小洞内。

影院外的大幅海报永远是最有魅力的艺术画，人们久久驻足，仔细打量。我则不同，我有一架楼梯。从百叶窗看进去的大银幕有个十分严重的缺陷，它位于一根凸出的墙柱边，因此，只看得到半边银幕，另外半边看到着急处，口水都挤出来了仍是看半边。有人会奇怪，电影院又不是只有一个百叶窗，怎么不换一处看。是的，还有三个百叶窗，前面两个位于最窄的巷子里，下面堆满了摇摇欲坠的煤，也根本没有架楼梯的位置；最后一个百叶窗太远了，压根看不到。

既然新片少，老片子就一遍遍循环着播放。

“法官的儿子永远是法官，小偷的儿子永远是小偷。”多么令人绝望的对白，即使现在，也仍在耳边回响。《叶塞尼娅》《追捕》《望乡》《庐山恋》……它们让我拥有了强大的台词背诵能力并对每一首电影插曲从音符到过门烂熟于心——包括印度电影《流浪者》的每首歌曲。这是艺术对于成长中贫弱荒凉灵魂的滋养和启蒙。我很感谢这个隔音效果不好的儿童电影院。它为什么叫儿童电影院？有点莫名其妙，因为它的前身叫作新华电影院，某一天就突然改了名字，但它并不专一播放《小兵张嘎》《小蝌蚪找妈妈》之类的儿童电影。

我的“电影专场”被热播的《少林寺》突然打断了。这件事让我一直认为电影院对于一个十来岁少年的小小热爱太过于小家子气，他们把百叶窗用厚厚的几层黑布钉死了。也许他们觉得我的偷看，让《少林寺》这部一票难求的电影漏气了；也许他们觉得够了，已经让我占了太多便宜。于是，在某个电影散场时间，我在教室等待放学的时间，把这个百叶窗一丝光亮不漏地钉死了。我兴冲冲搬着楼梯爬上去才发现看了个寂静，只有里面传来的“喝喝哈哈”的打斗声和“叮叮当当”的刀剑声。

父亲对我当天的行为很奇怪——他下班后我竟然乖乖在书桌前坐着看书。对我架楼梯看电影的事，他向来既不鼓励，也不反对，所以他也不会问我。第二天，我想着回去也没有电影看，就在外面玩到很晚才回家，走进院子，发现父亲居然也搬了楼梯往百叶窗里张望，见我回来，他忙一言不发地收了梯子，倒引得我暗自好笑。

过了两天，我听见父亲在向熊宝问可不可帮忙买五张星期天的《少林寺》电影票。熊宝是我家邻居，因为他妈是居委会委员，所以，他的眼神看待邻居总带着一股傲慢。他的工作是在儿童电影院查票。其实，我觉得父亲求他帮忙是找错庙门了，卖票的人根本不会理一个打着手电来回查票的临时工。但熊宝说的是：“不要搞歪门邪道走后门。”一脸的正气。我觉得百叶窗的黑布就是他在里面亲自钉的。在我家门口，他也给了父亲一颗硬钉子。

同学们都想看《少林寺》，苦于买不到票，于是约定星期六放学后“麻票”（方言，指逃票）混进去。实际上台词我都已经背得了，但就是想看，再想到熊宝的嘴脸，毫不犹豫就和一帮同学约好时间和场次——要选人最多，还卖许多站票的那场比较容易混到最后。

省府路小学门口总会在放学时间出现许多小贩，提着一袋酸酸甜甜的酸萝卜片，面上撒着胡辣椒面，或者二分钱一张的脆脆饼、米花，五分钱一杯的葵花籽，这天我们全无兴趣。省府路的条石马路泛着包浆的光泽，滚动的铁环在上面跳跃着，从马屁股上兜着马粪袋的马车旁滚过，放学的孩子在路上追打。我们的目标只有一个，麻票看电影。

进去很容易，人太多，检票员顾不过来，人们一拥就进去了大半，偶尔有一个被检票员手疾眼快逮住轰了出来。但是，要想逃过熊宝的巡查就太难了。他经验丰富，灯一熄他就开始行动，先不会打电筒，闭着眼他都不会走错。他把站着的人一一清查了，用手电捂着光细看是不是废票，小孩子是重点。站票查完了又从座椅间一排排用电筒照过去，蹲在中间的人一个个被撸了出来，这一遍筛查百分之八十的逃票者已经被他逮到，要么补票，要么被提溜着滚蛋。然后，他歇一会儿又来第二遍……

我东躲西藏看了大半，在白无瑕被王仁则抓到时，没有想到熊宝出其不意杀了个回马枪，我也被抓到了。借着银幕上白无瑕的光芒，熊宝自然认得出我。他毫不留情地提着我的后衣领拖到影院的进场大厅，我一看，好壮观啊，我所有的同学还有许多不认识的小孩站成两排，每个人的手像僵尸那样平举，手背上都有一颗玻璃弹珠。熊宝说："像他们那样。"然后他在我的裤兜捏了捏，示意我掏出来。那个时候每个男孩都会揣着一包玻璃弹珠。他把两粒弹珠分别放在我手背说："掉下来一次加罚半小时。"

也没有谁家父母来找，小孩们站满时间垂头丧气地散去。影院那边断断续续传来对白……尽形寿不饮酒，汝今能持否？

过了几天恰巧是父亲的生日，母亲炒了一盘辣子鸡，父亲也开了一瓶酒，他平常不喝酒，家里没有酒杯，他用白瓷茶杯倒了一点，这时熊宝忽然从门外探进头来，他吸了吸鼻子，干脆进了屋："陈哥，什么酒呀？这么香。"其实，他看到了的，只是不能不问这么一句。

父亲转了转酒瓶，把商标对着熊宝笑着说："贵州大曲。要不来喝一杯？"

"好啊！"等的就是这句话。熊宝满脸笑容，搓着手就走到桌边。"这么好的酒一个人喝就没意思了。呵呵。"母亲又去炒了两个菜，父亲叫妹妹拿了碗筷，也用白瓷茶杯给熊宝倒上半杯。熊宝深深嘬了一口，"啊！好酒！陈哥，《少林寺》的票还没买到吧？"

父亲说："已经看过了，看过了。"

…………

天井的老银杏开始掉叶子了，这小小的叶子有些落在百叶窗台上，有的插在灰扑扑的青砖缝里，有的夹在我的日记本里。那座儿童电影院隔壁深巷里承载着我少年时光的老房子在一个凌晨被二楼家失火烧掉了，父母只抢出我们兄妹，而我只抢出这个日记本。

几十年以后，日记本变得比银杏叶还要黄，里面的叶子却如乡魂，风化在记忆里。这是我的乡愁，一个在另一座城市工作生活的游子对故乡的眷念，总想着什么时候再到儿童电影院看场电影。

恐怕，儿童电影院这个名字导航已经搜索不到了。

碾子的火把

牧　童

听母亲说，河坝原先有个叫碾子的地方。

碾子除了背负地名的名声外，还肩负起另一个使命——舂米磨麦，它具有双重身份。碾子作为旧时的生产工具，委实有点原始。但它是一个时期的符号，代表这个时期先进的生产力和文化，是精髓，是时代进步非凡的象征。可是，落后的现状总满足不了人类阔步前进的欲望，也正因为碾子过于古老、笨拙和生产效率低下，才敦促人类不堪屈服。打米机横空出世，曾经不可一世的碾子便被淘汰在历史长河中，并逐渐淡出人们的记忆。虽然碾子被新型生产力所取代，永远退出曾经光耀的舞台，但它栖息之地却反而成了一个地方的代名词——那就是家乡的碾子。

碾子，此地颇小，论面积也就亩把来地。它至今在我脑海中有些残影，不过并不十分清晰，大抵没有亲身经历过，也没有耳濡目染过它的庐山真面目，更谈不上烙上深刻的印象，所以，缺乏那种传神的轮廓。只知道那个名为碾子的地方曾经在夜晚灯火通明，堪比诗一般的存在，特别是在丰硕之年更是如此。

在家乡那片不瘠也不贫的土地上，繁衍生息着一个勤劳质朴的民族，他们白天男耕女织，夜间顶着疲惫照着光亮舂米。一粒粒裹着稃毛的稻谷倾入环形的碾槽中，笨重的碾子便骨碌碌转动起来，它像一匹皮糙肉厚的河马，驰骋起来步履矫健，所向披靡。当金黄的稻谷脱去迷人的外衣，在你跟前袒露着白胖而曼妙的胴体，难道你一点也不心动？这些汗水的结晶，将成为口中的白米饭，兴奋得男男女女早把一天的倦意抛到九霄云外。他们不禁载歌载舞起来，歌词自编自导，现场即兴，相互调侃：“老婆婆，尖尖脚，一顿吃它几钵钵。老公公，扛烟囱，胡子拉碴牛烘烘。新媳妇，舂稻谷，一不小心崴了足；男人疼，公公护，婆婆心里不舒服。”

…………

笑声顿挫抑扬，此起彼伏，宛如习习秋风，令人心旷神怡。

碾子颠倒黑白，它像襁褓中睡倒瞌睡的婴儿，白昼里昏昏沉睡，夜晚犹如一支不眠的火炬，热情而亢奋。彤红的火把照亮了碾子，也照亮着每一个丰收人喜悦的脸庞。那些日子，碾子热闹祥和的氛围如日中天。

有时，碾子的故事又像一弯残月，一度在我向往的心云里浮沉——

追溯碾子的起源，母亲是并不知情的，她私下里问过父亲。憨厚老实的父亲也不知道它的具体来历，每当母亲问起，他只是云里雾里地敷衍。母亲总是遗憾地摇头，她也没能指望从父亲身上问出点有关碾子更有价值的东西。但我知道我祖母在碾子在夜里打着火把守护稻田的水，不巧在碾子边上重重地摔了一跤，差点把命都交待在那里了！于是我又从骨子里讨厌碾子。因为祖母对我过于溺爱，它触碰了我幼小心灵的底线，所以让我十分恨它。

后来，随着碾子的销匿，它的“故居”也被夷为平地；再后来，不知何人又大胆地把堰沟撕大了口子，沟里白花花的流水争先恐后地往下挤，形成回水凼。回水凼的碾子，聚集着大量浮萍和水黾。水黾我们这里叫“水蜘蛛”，它们是水上最优秀的“清洁工”，经过清洁的水质明镜似的；而这些浮萍则无家可归，好在偶尔也有几只好奇的豆娘在它们身上小憩；匆忙的豆娘怡然自得，也让可怜的浮萍有了些许的骄傲，在残酷的大自然中找回了点面子。这就是我所知道的肤浅的碾子。

虽然碾子不复存在，不过，它的腹地还有点利用价值。每当葵花收割后，当地就有人早早地在那里占好位置，把打捆的葵花秆放在水里用大石块压着，让湍急的流水充分浸泡，使其表皮腐败，日复一日，月余过后，葵花秆腐烂的表层被流淌的水冲洗得干干净净，饱含水分的秆子脱胎换骨呈乳白色，再把它们的“白骨”打捞上来，铺在太阳坝晒干，此时葵花秆摇身一变，通体洁白，成了有用的“亮槁”了。曾听隔壁大伯公讲过，当年红军四渡赤水时，就在当地的老百姓家里花钱买过这样的亮槁。干燥的亮槁易燃，不值几个钱，通常被村人们充作火把用。用它走夜路，即使你孤身一人也可以放开胆子，很多动物都惧怕，拿当时长辈的话说，遇到鬼，鬼都要怕七分。

据说碾子在村史上最辉煌的时期，其功劳至少有一半归属于亮槁。亮槁相比较桐油灯或蜡烛而言，成本低廉实惠，况且最大的特点是风与火成正比关系，风越大火苗就烧得越旺，能照透方圆几米范围，一点也不担心会熄灭。关于这一点，我想他们那时可能没有考虑到那么深远，只想到变废为宝，能省几个钱就省几个钱。

依稀记得我六岁那年，葵花长势特别好。有天早晨我还熟睡在床，就被母亲浑厚的歌声扰醒。时至今日，这些童谣还在脑海回荡——

向日葵，花儿黄
朵朵葵花向太阳
太阳公公起得早
山坳葵花长势好
鸟儿树上不停吵
累得老蛮顾不了

如果把葵花朵卸下来模拟汽车的方向盘使用，很形象，一点也不为过。说来不怕读者见笑，我小时候就是把板凳当汽车，葵花朵模拟方向盘，当时很神气也很过瘾。将去籽后的葵花朵剁细，与打来的生猪草掺在一起煮熟喂猪，或将它们随意丢在屋檐下自然阴干，留作引火之需。由于那年葵花收成好，颗粒又大又饱满，母亲生儿炉煤火打急抓把它们烘干成成品——瓜子，她又舍不得吃，把绝大部分瓜子背到集市变现贴补家用，仅留一小撮过年招待拜年走访的亲戚。但是她哪里藏得住？家里几姊妹像老鼠一样轮番偷吃，途中被她发现后也换过几个地方，但还是在劫难逃。后来她索性不掖不藏放任自流，睁一只眼闭一只眼，吃完了事，免得“老鼠”们老惦记。

说归说，笑归笑，闹归闹，但正事儿还得办。母亲照例把伐下来长短不一的葵花秆用镰刀裁成一致，然后整整齐齐地打捆。潮湿的葵花秆儿还是挺沉的，一捆好几十斤重，反正我那时是扛不动。忙碌的母亲，细密的汗珠从她的额头悄悄冒出，当然我也没有闲着，挥动一双黑乎乎的小手参与其中。天擦黑的时候，所有的秆儿打捆完毕，经清点共十捆。母亲用手捶了捶腰，又抹了抹脸上的汗，满意地笑了笑。我少见母亲笑，她的笑像美丽的秋叶，煞是好看。

吃过夜饭，一切收拾停当，外面已是漆黑一片；没有星月的夜晚，即使伸手也不见五指。到此，母亲是不让我们插手的。母亲吩咐父亲把仅剩的一些陈亮槁点燃，一把交给父亲，自己留一把，各自抓起一捆捆子稳稳地撂到肩上，然后一前一后地出了门。在火光的照耀下，起先还可以依稀分辨绰绰的人影，从院坝只能探见两束摇曳的光环。光环最后浓缩成光斑，光斑浮动越来越远，黑夜里，父亲和母亲仿佛变成两朵斑驳的萤火，隐隐约约。

石板路

言　子

赵场下宜宾，我走过的，有三条石板路：一条去马鸣溪；一条去锅巴溪；还有一条去宜宾。马鸣溪、锅巴溪，金沙江右岸渡口，相隔不远。我走得最多的是去马鸣溪、锅巴溪的石板路。年少，总是向往外面的世界，常去宜宾、柏溪游玩看电影，买卖东西。买卖东西也是为玩，找个下城的借口。我二娘住柏溪，童年的我，常跟着母亲走石板路到马鸣溪，上铁船，过江去柏溪。我在宜宾县二中读高中那些年，周末，同赵场的同学在石板路公路渡口之间来来去去，那条从赵场通向马鸣溪的石板路，可能是我今生今世走得最多的。

我的小学初中，就读于日成小学，那是我们乡（当时叫公社）最好的一所公办学校，教师都是城里来的，他们的家都在宜宾。也有夫妇两个都在学校教书的，孩子也跟着在学校读书。家在学校的老师，喜欢下城，城里有他们的父母，有他们的兄弟姐妹。宜宾，才是城里老师真正的家，日成小学，只是工作之地。我不清楚城市老师奔走城乡时，双脚踏在乡村石板路上是何种感受。在我的怀想中，石板路给予我的宁静难以忘怀。

我们乡下孩子，就这样踏着石板路走进学校，走出乡村。

有时，我手握一杯清茶，临窗眺望远山，望见几个背书包的学生走在故乡的石板路上，女生梳小辫，扎马尾，衣裳朴素、干净；男生板寸头，穿蓝布灰布学生装。石板经过石匠的双手精心打磨，不厚不薄，平整光洁。我望见七八个学生，背着书包走过石板路的山坡、山坳、水田，走进学校。冬天，水田蓄着清澈的水，有鲫鱼跃动；农闲，有情趣的男人，不怕冬水田刺骨，挽了裤子光着脚杆下田打鱼。鱼园青篾编的，划鱼竿斑竹制的，屁股上悬吊的笆篓竹子编的。原始、自然。学生娃走在冬日的石板路上，有时会看到这样一幅画面：一个中年男人，提着鱼园在田里划鱼；一个青年，提着笆篓在田里抠泥鳅黄鳝，脚杆上，沾满稀泥。抠得的泥鳅黄鳝，青年拿到城里去卖，卖得的钱，为自己买包香烟，买件自己喜欢的物件。我读书的时候，有个青年用卖泥鳅黄鳝的钱为自己买了一把二胡，每天黄昏，坐在屋檐下，对着西天的夕阳，门口的石板路，拉个不停。流畅的音乐在乡村流淌，草木一样宁静。石板路穿过水田，走在上面，田里有自己的影子，有蓝天白云坡地房舍竹林，有静悄悄的太阳。一路，抬头是风景，低头也是风景。插秧季节，水田都要翻犁翻耙，犁过耙过的新泥，散发出泥土的芳香。每季的庄稼，精耕细作，从不马虎。学生走在春天的石板路上，看着秧苗日日茂盛，林子般覆盖整块水田。学生踩着石板路在农舍与学校来来去去的日子，青青秧田开始升华为稻田，骄阳下抽穗、开花、泛黄、成熟。石板路上的学生，走在路上，也走在秧田稻田间。

川南的丘陵，婉约、温柔，像唐朝的山水诗。石板路两边，水映坡，坡衬水，说不尽的妩媚。有坡就有田，有田就有坡，高低错落，绵延曲折。路边地坎上的豌豆胡豆，阳春渐渐饱满，嘴馋的学生，忍不住偷摘几只豌豆角，去壳将豌豆丢进嘴，慢慢咀嚼。做这事，不要让人家看见，看见了要挨骂，说是糟蹋食物。我老家的人敬重食物，就像他们敬重土地一样，从不浪费食物，小孩糟蹋粮食要挨骂的。“偷吃”的都是调皮男生，一路“偷”着吃回家，为自己找点乐趣。随着季节的变化，坡上的风景也发生变化，学生四季穿行石板路上，是在麦苗、玉米林、油菜花、红苕地里穿行。走在石板路上的人，也是风景。这风景，像唐朝的山水诗，有阳光雨露，有晓风明月。走过的石板路，从乡野的寂静延伸过来，印满庄稼人岁月的艰辛和勤劳。

小时候盼望长大，盼望能进城市。现在居住都市，日日在喧嚣的街道公路穿行，却是越来越厌倦，越来越想逃避，越来越想走进宁静乡村，过一种清净淡泊的生活。让生命，像地边一棵普通的李子树一样，静静地花开花落。不要荣华富贵，也不要功名利禄，有粗茶淡饭，有一间洁净小屋，有一张书桌摆放稿笺和书籍；让生命能够在这样一个安静的地方进行下去，是我一生一世的满足。如果命运对我垂青的话，再赐给我一个灵魂上的朋友，我们相依为命，相互勉励。每天在一起的言语不多，但彼此是对方的一半，有着相似的性情和灵魂，即使默默无言也感到幸福和满足。劳作、做饭、打扫卫生、散步，走在乡间的小径上看庄稼发芽、生长、成熟，看果树在四季的天空下开花、结果、被阳光晒黄晒红，这样的生命，对于我来说，不再有遗憾。但我明白，这只是一个愿望。小屋前，有一条宽敞明亮的石板路伸向远方，房前屋后栽满桃树李树橘树，几棵松柏，两丛翠竹，这就是我今生今世想要的生活。现在，我只能独坐小屋，在都市遥望乡村，遥望我故乡的那条石板路。遥望中，我对石板路的情结越来越浓重，这是我心灵深处对乡村对石板路的怀念。

遥望中，我再次感受到石板路的朴实、平淡、宁静。透着古典美。我又一次看到了走在石板路上的学生和乡人，他们的身影映进水田，不像城市人置身于街道，被汽车、人流、高楼挤压着喘不过气。他们是从古典从自然走来的。还有比走在一条石板路上置身于田间地头更安宁的风景和人吗？

这样的古典逃不过现代的侵蚀，只能成为我记忆中的风景，只能在怀想中不停地遥望。通往马鸣溪、锅巴溪、宜宾，通往赵场各个乡村的石板路，都消失了。它们消失得那么快，一夜之间，那些石板路都不见了，取而代之的是被人们拓宽的凹凸不平的泥巴路，乡下人称之为“公路”，但它只是一条比石板路宽了一些的黄泥路，失去了石板路的明亮和洁净。那些前清遗留下来的石板路，在二十世纪八十年代的某一天，消失。

消失的，岂止是一条石板路！

赵场的乡村，已经没有一条石板路！

就像赵场的石板街，场口上的古榕树，早已消失！

公路是现代生活的捷径，但它永远是喧嚣、浮躁的，永远让人的欲望不断膨胀。有了公路，人类的生活不再安宁，生命也不再安宁。石板路延伸着人类的安分、安宁、淡泊、满足，同时，也延续着人类的清贫、简朴。赵场的每一代人，在二十世纪八十年代前，都在石板路上延续着生命，他们粗茶淡饭，日出而作，日落而息，心境同乡村一样安宁，同石板路一样宁静。安宁和简朴中，他们知足。而今，赵场人也大鱼大肉，心境，没有了先辈的安宁。人们不再走石板路，石板路也不应该消失，它是古典、简朴、宁静、知足的延伸。

陈贻焮先生的乡愁

杨文利

想起来实在可叹，在燕园生活了四年，直至毕业前的最后一个学期，才知道朗润园这个清幽、静僻的所在。一日，在宿舍独坐无事，隔壁的贾建良同学着急忙慌地闯进来对我说：“陈贻焮老师请你到他家里去一趟。”我听了此言，吃惊非小，忙问：“陈贻焮老师？”贾建良喘息稍定，便把自己请陈老师指导毕业论文，陈老师托他带话，欲邀班上三位湘籍同学到他家做客，一五一十，细述了一遍。才出宿舍门，忽又探头进来加了一句：“陈老师是湖南新宁人。”

几天后，一个春阳和煦的星期日午后，我独自一人去朗润园赴先生之约。沿未名湖东侧北行，过体育馆，豁然别有洞天。望见一座岛，四围环水，湖中有荷，岸上多高柳。再北，过小石桥，行百余步，有几栋四层红砖楼房侧立道旁。循径行不远，便到了朗润园十二公寓，一〇二号是一楼。轻轻敲了几下门，“呀”的一声，门开了，是先生本人。他眼光一闪，极快打量了我一番，不等我开口，便一叠声说：“你来啦？欢迎，欢迎。”说罢，引我进了客厅。这是我第一次见到先生，面如满月，状貌魁梧，淳朴有古风。他声音相当洪亮，满口湖南乡音，说话带笑声，透着一股爽朗之气。

礼毕，先生招呼我在沙发上坐定，含笑问道：“你们班不是有三个湖南同学吗？他们两个怎么没来呀？”我赶紧解释：“我们三人本来约定同来，不巧他俩临时有事，我就一个人先来了。”先生听说，“嗯”

了一声，转身入厨房沏茶倒水。

见先生这般客气，我心中倒觉得不安。大二有一门必修课“中国古代文学史”，由葛晓音老师讲授隋唐五代部分，而葛老师是先生的开山弟子。论起来，我应当叫太老师才对。想不到先生学问极其渊博，性情又极其平易，一点教授架子也没有。正在想着，先生端来了两杯热茶，呵呵一笑道：“这是新宁红茶，尝尝滋味如何。”语毕，在沙发另一端坐下，自己也取一杯，轻轻啜了一口。我不懂得品茗，一尝之下，只觉其甘醇芳香。

先生笑逐颜开，春风满面，殷殷垂询姓名、年岁、籍贯，我一一告知。闲谈了几句，便渐渐地说到吾乡的地理、沿革。我所知不多，约略说了一点，先生听罢，拊掌笑道：“巧得很，我们俩的老家都在资江边上，只是新宁境内还不叫资江，叫夫夷江。”

忽又问起人物，我掰着指头列举：“有清朝的陶澍，有现代的周立波、叶紫，还有……”先生听毕，沉吟半晌道：“晚唐出过一个诗僧齐己，《全唐诗》收录了他八百多首诗。”停了一会儿，又道：“前几年出了一位莫应丰，是文学湘军中一员健将，可惜天不假年，走得太早。”我听得一愣一愣的，以前只知道先生是杜诗研究大家，哪里晓得他对当代文坛如此熟悉。

继而说到物产，才谈得几句，先生朝窗外望了一眼，又欢喜又感慨地说：“每年的这个时候，在家乡该上山摘三月萢了。”听见“三月萢”三个字，我激灵了一下，口水都流出来了。吾乡俗称三月萢者，是一种野生浆果，形略似草莓，色深红，多汁，其味甜酸，旧历三月始熟，故以名之。于是，一老一少，你一言我一语，争着说儿时摘食三月萢的情形，甚是相得。先生笑嘻嘻地说，小时候放牛，每当三月萢熟时，他和小伙伴们经常到溪边去摘。吃得满脸满手都是三月萢汁，互相取笑一番，再捧起溪水洗净。三月莓树多刺，摘时须得格外小心，一不留神便会扎得嗷嗷直叫。

先生稍停一会儿，拿起茶杯呷了一口，我插嘴说道："沈从文在他的小说中多次写到三月莓，不过名字略为不同，不叫三月莓，叫三月莓。"先生听了此话，眼睛一亮，忙放下杯子，细问其详。我想了一想，把我所知道的《阿丽思中国游记》《丈夫》和《雨后》，一一说知。先生微微颔首，若有所思地说："三月莓多生于山谷溪涧，想必湘西一定不少。"我又告诉先生说："他的小说中还写到过山莓，不知和三月莓是不是同一种野果。"先生听了接口道："山莓是三月莓的别名，一名树莓，古称木莓。"

我忽然想起在《阿丽思中国游记》中，作者借主人公之口，谈及什么样的三月莓才好吃，对先生说了，于是话题转到采摘三月莓的诀窍。先生很在行地告诉我："摘三月莓，就挑个头大的，鲜红的，有光泽的，保证又甜又香又脆。一粒入口，轻轻一咬，汁就流出来了。"先生兴致越发高了，手舞足蹈，开心得像个孩子，只觉人生之至乐，无逾于此矣。

由三月莓谈到家乡的野果，先生滔滔汩汩，一一道来：春天有刺莓、乌莓、蛇莓、茶莓、桑葚，夏天有杨梅、野樱桃，秋天有牛茄瓜、牛奶子、羊奶子、鸡爪枣、毛栗子、金刚刺、酸枣、毛桃、野梨、野柿子、野猕猴桃、野葡萄。一面说，一面咂嘴舐舌，若有至味。这些美味野果，敝乡处处有之，唯鸡爪枣前所未闻。先生比手画脚，耐着性子解释道："它结在树上，形如鸡爪，灰褐色，至秋成熟，味极甘美，可生食，浸酒尤佳。"说到这里，顿了一顿，猛然一拍大腿，"对了，它还有一个名字，叫拐枣。"先生讲了半天，我茫然莫晓。至今，我仍不知鸡爪枣为何物。这是题外话。

先生正说得起劲，似乎想起了什么，忽然笑道：“只顾说话，倒忘了一件事。”不待说完，立起身便往厨房走。未几，捧出一盘切成四瓣的橙子，喜滋滋地说：“请你尝尝崀山脐橙，最后两只了。”少停，又用新宁话补了一句：“沁甜的。”脸上颇有得意之色。我剥了一瓣送进嘴里，果然甘香沁齿，其嫩无比。我一边点头咂嘴，一边用家乡话说：“沁甜的。”乃相与大笑。

赞叹了一回，先生向我眨了眨眼睛，抿嘴一笑道：“我给你吟一首诗吧。”我闻得此言，不觉又惊又喜。刚入校时，听一位学长说，先生娴习旧体诗，尤善吟诵，以传统吟诵调诵之，韵味十足。中文系学生都喜欢听他吟诗，引为乐事。我读中文系的时候，先生已升为博导，不再给本科生开课，惜无缘聆听，深以为憾，不期今日有此机会。

先生运了运气，清了清喉咙，随即晃着脑袋，拖着长腔，曼声吟哦起来，大有乡村塾师的气派。他半念半唱，吟了两首七绝，是先生自己所作，题为《回湘探亲》，其全首惜不能记忆，盖咏新宁风物。先生用湘音念诵，保留了中古音。其中一首，夕阳之“夕”、别趣之“别”，皆入声也。另一首，首句“人”、二句“津”、四句“春”皆押“真”韵。凡此之类，悉合格律。这种老派的吟诵，平长仄短，依字行腔，有板有眼，有腔有调，极抑扬顿挫之致。

既罢，先生长长嘘了一口气，笑着告诉我，年前回乡省亲，得偿夙愿，高兴之余，作了十首纪游诗，适才吟诵的是其中两首。时隔半年，仍难掩喜悦和兴奋之情，滔滔不绝地谈起途中见闻，谈起新宁山川之胜，谈起崀山，谈起玉女岩，谈起夫夷江。先生娓娓道之，其眷恋之深自可想见。正说得兴起，不知怎的，突然顿住了，一言不发。默然半晌，幽幽地叹了口气道：“老喽，走不动了，回一次，少一次。”先生说这话时神情落寞，惘惘若有所失，我也不由得为之黯然。

出了一会儿神，先生抬起头来，启颜一笑道：“想不想听吹箫？”我听了这话，又是一惊，连声称好。先生顺手从旁边的小桌上取过一支竹箫，形似笛而长，色暗红，通身莹洁。先生略一寻思，点头说道：“吹一首郭沔作的《潇湘水云》吧。”言毕，坐正身子，头微微后仰，下颌抬起，深吸一口气，两手持箫，凑到嘴边。须臾，忽听得箫声悠悠响起，清越又浏亮，纡徐而婉转。先生沉浸在吹奏中，双目微合，神情端肃，吐纳之声可闻。吹着吹着，音调渐转凄婉，如泣如诉，如怨如慕，似有一股浓得化不开的乡愁。我在旁边听得呆了，心中暗想，张良一曲楚歌，或庶几乎此调。

曲终，先生把箫管一收，轻轻横于腿上，摩挲良久，委实喜爱到了极处。歇了片刻，复又谈起郭沔其人其作，说郭沔为南宋浙派琴家，永嘉人，值金兵南侵，流落湖湘，旅寓衡州。一日泛舟至潇湘合流处，但见云山苍苍，江水泱泱，念故国之沦亡，感异乡之漂泊，作《潇湘水云》以寄意。此曲于潇湘之水光云影描写尽致，先生甚赏之，课余之暇，每喜吹奏。

又谈了几句，先生笑吟吟地说：“下次你来，我再吹一首《平沙落雁》，还有《梅花三弄》，这两支箫曲也跟衡阳有关。”先生随兴之所至，从《平沙落雁》谈到潇湘八景之一的回雁峰，从回雁峰谈到唐诗中的“衡阳雁”，最后，谈到杜甫的《归雁二首》。话到投机，越说越高兴。

言来语去，不觉日已沉西，方才起身告辞。先生执意送至楼门口，说了句：“得空常来耍。”我回了一声：“要得要得。”目送我上了大路，先生又直起嗓门喊：“叫他们两个一起来。”我闻言，诺诺称“是”，乃挥手别去。

光阴易逝，转眼到了离校的日子。我疏懒成性，把先生的邀约忘得精光，一见之后，遂不复见。刚毕业那阵子，因为工作关系，尝到朗润园拜访季羡林、金克木、张中行三位老先生。有过几次，行经十二公寓，突然想顺道看看先生，但随即打消了这个念头。因为未曾请示，不敢冒昧登门，怕打搅了先生，而且几年不见，先生也未必认得我。那时的我对先生理解太少，而想得太多。那时的我万万想不到，几年之后，忽然听到先生溘然辞世的消息，愀然者久之。

有一天偶然在一篇纪念文章中读到，先生名片只印有“北京大学教授”，别无其他头衔，却特地印了一行字：“湖南新宁人”，倒有点像老派名士，见面先请教贵姓、台甫。这一下触动了旧事，始恍然悟先生当时热情相邀，无非是和几位同乡晚辈一起叙叙乡情，听听乡音，聊慰乡思而已。我深自愧恨，当初实不该爽约，辜负了先生一番盛意，而懂得先生心思时，斯人已去，遂至永失亲炙的机会了，虽欲悔之已无及矣。

原乡“味道”

彭小年

身在他乡，独坐莲舟，心系梦途，看一滴露珠如何带来最初的晶莹，回望原初的梦幻，圣洁雅然。脉脉一瓣心香，在原乡的旧世尘俗中初绽成七彩的霓裳，心境里层层叠叠着经年不息的涌动，只为领略一次次沁人心脾的原乡芳馨，重温一段段温情脉脉的原乡初恋，真切地明白，身在他乡，心在原乡，这，就是乡愁的“味道”。

离开故乡多年，无数次思绪里的回眸，仍然在痴情的目光里拭亮原乡的情感，赋予我一颗澄澈纯净的心，沥尽生命与青春的柔情，涤荡心性，沉浸于原乡的文化意蕴。我不知道，有多少心事要倾诉，还有什么东西能够这样使我陶醉于心灵的状态。最重要的，就是那一份清寂与入骨的深远，在含而不露的心头，延展透骨的灿烂。重返孤独，在渴望的目光中等待，才知道文化的原乡已融入魂魄。

多少年了，原乡那片昔日的芳草地，还有那间爬满青藤的老屋，梦里花落，饮不尽的惜别怅惘，诉不完的衷情离愁。走在他乡，才知道桃红柳绿的往事，在我的心版上被凿得很深很深。翻阅原乡的记忆，一截香痕的灿然回眸，于湿润的迷离中，背上行囊，依然要远行。

回望原乡，西通楼兰，我是民族沧桑的河岸上哪一个忧郁凄凉的传说？

回望原乡，东望长安，我是民族遥远的漠野上哪一缕转瞬即逝的尘烟？

露珠与尘土是不是一直在调和着这千古不变的原乡曲，秦砖汉瓦辉映着的柳色是不是一直葱郁着你的面庞？

当我流落他乡，远离你的怀抱，形单影只，羁留客地，四海浪迹，隐于疏远的暮霭与悠悠的云絮，飘忽不定。在时光的一角，安顿下我的匆忙，待明月洗去我心中的尘埃，然后将古旧却温暖的原乡曲，慢慢收藏到血脉。一直想找回自己失落的梦园，一直在长天上黯然神伤，只留下一个幽梦的影子。

这么多年，一个人在他乡，把隔着故乡那么远的距离、那么多独自度过的冰冷夜晚，以及对原乡日渐生长的思念全部加在一起，我想，我足够生一场重病。其实，我更想偷偷回一趟故乡，去掬一捧故乡水或握一把黄泥土，那样，即使我的远离，被时间不断洗濯，只要我摊开双手，就能看见掌心这片土地，河流遍布，永远无法擦掉。

揣一枚原乡的月亮，走南闯北。时间，磨平了屐痕，也磨平了岁月。磨掉的岁月，却在石的脸上写下了坑坑洼洼。红尘喧嚣，醉卧在历史尘埃中的等待，已被万人践踏。虽被人踩在脚下，却没能烂在泥里。石不会腐烂，也不会冰冷。它有生命的恒温，因为，它安睡在母亲的襁褓中，未曾远离。

在他乡，呈现着生命的另一种姿态。荒芜的沉寂渗透万物，像水一样，那么低，谁也没有见过水的眼泪。水那么低，却还要往更低的地方去。流出来的是一生，流出来的是原乡与他乡的牵连。

其实，我是多么愧疚，游走了多年，我比它们还脆弱，总把心扎得生疼。这些年，大陆海外，思念总被泪水浸泡，一天天发芽。我习惯坐在临窗位置，掏出文字的火焰，这些血液中奔突的姓氏和母语，点燃一个流浪的中秋，思念一个迷蒙的端午，以及一生的怀念、歌唱或者哭泣。原乡，再远，也没有远出我的心窝窝，我欠你太多的夜晚和春暖花开。我能把荣誉卸下，也能把生命安然地卸下，就是卸不下乡愁。原乡，请允许我邀来千年的月光，在烛照八千里故乡原野时，也温暖我巴掌大的心窝，让隔世的粮食，种进荒芜已久的来路。也请允许我紧抱梦想，打开隐秘，再多写一首不虚伪、不做作的诗歌。我愿做其中的一个汉字、一个句读。用泪眼仰望、汉语朗读，以身老他乡的姿势还魂……

梦里原乡，向我走来，走成一本精美的画册，任我怎么翻阅都异彩纷呈。你知道吗，在泪流满面的莹光中，你是一块湿润的美玉，你的兰心蕙质濡染了我的情弦。刻骨铭心，将经年的沧桑汇聚为一脉大水。“别人唱故乡，我不会唱/我只能写，写不出来，就喊/喊我的故乡”。这是诗人田禾的诗。而我，又该如何倾诉我的原乡？

在他乡，我想起了我的卑微，也想起了我的辽阔。卑微的是孤独的身影，辽阔的是容纳万物的心灵。原乡的生命，从未离开过的存在和力量。月色千载，安静，以冰冷温暖冰冷，在云的巢穴里破壳欲出，填满归乡的窗口。今夜的月光直白，这朵音符的花，越来越凉，越来越译不出远方。在月色中，那些追随过我的身影消失了，而谁又在喧嚣中顾影自怜？

抚摸原乡千年来丰饶和繁华的历史，心绪里的陈列，是原乡丰实的胸膛，汇聚在苍茫的浩瀚里，星空的蕴积，正是思绪里那片鱼米之乡，更是魂灵里那段千载厚重，雕刻在时光的影子里，幽静和恬然，跃然纸上，笔尖蓄势的遒劲，明净着自我的血液。

是谁，在天籁之外，身在他乡，错把月牙当弓，钩弯了原乡的黄河曲？是谁，苍茫了原野，让情感的马鞭在心境中回荡？是谁，荡起了双桨，在情感的河心赶路，寻找着诗行？漂泊的旅途，每个人都会有一些铭心的记忆，我知道自己有了意外的收获，一种虔诚的月色，寻找我前世的尘埃，路遇我来生的掠影。

乡愁，是一滴硕大的泪。它，不挂在我的脸上，凝结在我的心底。

乡愁，是一滴硕大的泪。它大，可以裹着我，裹着我的温暖与疼痛。它小，我可以含着它，含着它的柔软与坚硬。

掬一把他乡的月色，梦回原乡。风沙吹老了岁月，吹不走缠绵的“故乡情结”。我从远方赶来，抚村口儿时的老树，看村庄儿时四方的回忆，我，在原乡面前，长跪不起……

绝美的原乡图景与传奇的故事，清瘦中夹杂着饱满。是谁将艺术与文明的种子，播种在苍凉的追求中？是谁将画笔的丝丝鬃毛铸成动情的音符，用妙曼的音律牵引梦般飘逸的步履？一个遥远而沉实厚重的我，将灵魂的夙求，塑成傲世的风景和隽永的绝响，飞舞成漫天的梦想和希望。被岁月斑驳的过往，无声地记录着时间碾过的痕迹，就像一群群复活的精灵，在历史的怀中跳动，千古绝唱了故乡的风情与生命蓬勃的激情，让斑驳而湿润的生命闪烁着悠远和灵动的光芒。

斗转星移的历程中，原乡丰厚了扎实的韵脚，雄厚的身躯撑起那片遥远而深邃的天空，抚慰悲怆阔壮的意境，浓厚的乡情与文脉，灼热了游子的眼眸。故乡的精魂沿着土地的胸膛转了个来回，穿越喧嚣岁月的荒凉。追寻故乡的原根，经典的文化和传奇，在岁月的逆旅中，证实了不可断裂的愿望，这是乡愁之魂象征，这是“味道”之魂的意蕴。

梦里繁花，原乡“味道”，热烈绽放，铺开素笺，用冷月的淡墨写下归航的眷恋。月光直白，月色圆润，如水般软化的千年轮回。那枚紧紧跟随我的残月，能否衔出我被躯壳深深掩藏的灵魂？

一个人的原乡，“味道”永恒，在自己心里，永不会萎落。

酒杯里的乡愁

陈少白

今年端午，我跟少锋为自己放了一天假，暂别繁重、枯燥的工地。一大早怀着愉快的心情走在异乡的小镇，享受一下这临水古镇的繁华。

漫步在古镇青石板路上，清早人不多，很多店铺还关着门，偶尔几个店铺的门开了，露出几个睡眼惺忪的脑袋，勤快一点的早餐铺上开始升腾起缕缕白烟，烧饼铺上的炽热烟气带着霉干菜扣肉的香味，还和着土灶的泥土气息，给远离乡土的人一种亲切的感觉。

整个古镇临水而建，石板路两侧的店铺鳞次栉比，典型的前店后居家，居住和商业混合在一起，往往一家不起眼的小店走进去都可能有惊喜。边走边逛，莫名就走进一家酿酒的小作坊，其实是因为酒曲的浓香总莫名其妙地诱惑着我，记忆中那是一种香甜又辛辣的味道。勾起我浓浓乡愁!

早年间，乡村里大都有酿酒的作坊和榨油的油坊。父辈们都是喝原始的纯粮酒，这种酒度数高，酒味浓烈。乡下人不是经常喝得起，只有逢年过节或有喜事时才能一醉方休，平时除非是贵客临门，才舍得打半斤八两，宾主尽欢。

小时候看父亲和亲友喝酒那个神态，让我百思不解，很好奇。父亲喝酒时，总是先招呼客人吃菜，再端起桌上的小酒杯跟客人的酒杯碰一下，然后轻轻抿上一小口，嘴里不断发出咂咂声，脸上散发出云彩般的光辉。并让我们帮着煨酒，煨酒就是将锡壶放热水里或无明火的柴屑中加热，能闻到浓烈的香味，每次我总是有一种想尝一下的冲动，可又畏惧父亲的目光。

没想到这么浓烈的酒香，我第一次体会的是透过五脏六腑的辛辣，喉咙里火烧火燎，脸上火辣辣。

那天是父亲的好友亚元叔来跟父亲商量油坊开榨的日子，正好端午节。新菜籽已收割，晒干。父亲留亚元叔吃午饭，让我去酒坊打一斤酒，我一路连蹦带跳赶到酒坊，当我从正元伯手中接过酒时，心中一阵阵激动，听不清正元伯叮嘱我路上小心的话。走到无人处时，慢慢解开封口塑料膜，小心翼翼地嗅着酒香，终耐不住心里长久的好奇，咕咚一声，一口酒直入喉咙，没有吐出的机会，用家乡老话说叫好奇害死人！伸着舌头忙跑向路边的水塘……

当我低头躲闪着将酒放在桌上时，还是被父亲看出了端倪。他一把将我拉住，双手固定我的脑袋，两眼直盯着我猴屁股样的小脸，我又惊又惧。“小子，你偷酒喝了，没事吧！”父亲大声问我。“别惊了娃，”亚元叔从父亲手中把我搂过来，“没事，少锋也喝过，迷糊了一会儿就好了，依我看这娃耐酒性强！是个男子汉。”

时光来来往往，高粱青了又熟了，黄澄澄。农人一次次收割留下口粮，有些酿成酒，将日子糅进酒里，让生命充满激情，香甜！在这样的轮回中，我们渐渐成人，走向天南海北，为生活打拼。

结识五湖四海的朋友，在交往中，烟酒是最好的媒介，河南、山东、关外人喝酒豪爽、大气，他们不在乎席上菜肴的贵贱与多少，喝的是激情与坦诚！南方人大都好情调，讲究菜品，慢慢入佳境，划拳划得兴起，大有不醉不休之势。

我家乡父老喝酒，细水长流，用一种二钱、三钱的酒杯，一小口细细品味，从酒量、气势上都较二者逊色，当然也有例外。

少锋不理解我的观点，他问我是否还记得出门打工前在油坊里喝的那次酒，我说怎不记得，那是长辈们为我们举行的成年礼，为我们走向社会的一次测试。那天傍晚，父亲让我收拾一下，跟他去亚元叔掌管的油坊，老远就闻到新榨菜籽油的浓香。少锋在门前张望，这时正元伯拎着一大坛酒也朝这边走来，父亲忙向他打招呼，屋里的亚元叔跟做泥瓦工的海伢叔听到说话声，忙走出门打招呼。走进里屋，泥土的灶台上摆着一盆冒着热气的鱼块，少锋的姐姐在往灶膛里添柴火，她娘在锅上翻炒肉块，少锋告诉我是过年时留下的腊肉。

今天啥日子，搞得这么隆重，我理不出头绪。我跟少锋静静坐在旁边听几位长辈唠嗑，听了好久，好像在说让我和少锋跟海伢叔学泥瓦工。父亲要付酒钱，正元伯好像不高兴，大声说：“都几十年老哥们儿，今天酒算我的。大家尽兴喝，等两娃挣大钱了，有出息了买茅台来孝敬我！”海伢叔说：“老哥，茅台是国宾酒，接待外国友人的，你等天开门吧！”“我等，天门总会开的！”正元伯望向门外的天说。“好了好了马上开席了，大家坐好，海伢你今天坐东角上席，等会儿让两娃敬你酒，正元哥坐二席，我跟云海哥作陪，两娃坐下首。”海伢叔说几位老哥哥这怎么行，就是不肯落座。正元伯说：“你今天不坐上席就是不给老哥们儿面子，两娃还指望你带出山村长些见识，学好手艺！”“是啊，是啊！你要多操心。”亚元叔和父亲一起附和。海伢叔无奈勉强坐下，很不自在的样子。

杏花和娘很有条理，上菜，摆碗筷，正元叔将酒坛的酒装进锡壶放在热水中煨，又从海伢叔处开始挨个添上，只是这一次用的玻璃杯，一杯下来约有一两。长辈们推杯换盏，酒杯里溢满乡邻情分，一轮下来，我和少锋杯里的酒还满满的。正元伯开始言归正传：“今天算两娃的拜师酒，让两娃敬师父的酒。”目光温和地看向我和少锋，我望着杯里的酒，想起那透入五脏六腑的辛辣，有些怯意，抬头望向几位长辈，每个人目光中透出鼓励与期待。我看向少锋，我们目光对视着，我们看出了彼此的鼓励与无畏，哥们儿，不就是辣吗！一口一杯辣一回，干！我跟少锋同时端起杯子举向海伢叔，收回来，头一扬当白开水一样往喉咙里灌。还没回过味来，就听到正元伯的赞许和掌声！

在赞许声中我们熬过呛人辛辣，开始体会到辛辣后的醇香，凭着初生牛犊的勇气，我们依次向长辈敬酒，一口一杯，长辈们情绪高涨，再也不含情脉脉，小口慢品。也能一口一杯，喝得豪爽，大气。

多少年后我渐渐明白，父辈们不是没有“把酒问青天”的豪迈，只是他们在生活的宽窄中选择自己的喝法，有三五乡邻，些许老酒，几盘青菜，细嚼慢饮，“把酒话桑麻”，这才是家乡小酒原始的境界。

时光变幻，正如正元伯所愿，天门真开了，“旧时王谢堂前燕，飞入寻常百姓家”。茅台酒伴着改革开放的东风，开始走到了普通百姓的身边，前些年回家带了两瓶，让父老品尝一回国酒的醇香。

岁月苍苍，父老的青丝换白霜，所幸都还健在，在这异乡的酒坊，闻着浓浓的酒香，望着门外早餐铺上升起的青烟，我仿佛望见了家乡，几缕岚烟徘徊在村庄之上，炊烟下母亲忙碌的身影，堂屋里正元伯、亚元叔、海伢叔和父亲围坐一桌，贵州大曲的醇香，啜饮时的咂咂声，让我百听不厌，久久追寻。这样才是人生，是乡情，友情，亲情。久了就是一杯浓浓的乡愁！需要我们去慢慢品味，浅酌慢饮。

望水檀

木　乔

我们的村庄消失了。

我怀念我们的村庄。怀念我们村庄池塘环绕的布局。怀念那条从村东头进村西头出的官路，拥有两辆马车并驾齐驱的宽度，穿越大片农田，滑过青青芳草地，一头扎进湖水。

过去，环绕我们村庄的池塘边树木蟠青丛翠。春天到了，桃花、杏花先红，梨花再白，蜜蜂嘤嘤嗡嗡，由枣树枝头飞入，柿树枝头飞出。中间夹杂一些杂树，枸杞蔷薇带刺，臭椿楝树挺拔，乌桕到了深秋，树叶红得耀眼。每一株望水檀，夏至之前，全村人都以为它已枯死。

因此，望水檀又叫不识春，学名黄檀。树皮暗灰色，幼枝淡绿色，羽状复叶，近革质。圆锥花序顶生或生于上部叶腋间。花冠淡紫或白色，荚果长圆形或阔舌状，种子肾形，独根。据说，枝干长得有多高树根扎得就有多深。但是在我小时候，从未见过它们长得超过头顶高、胳膊粗。望水檀料小有大用：木匠用的凿把、油坊楔的榨锥、车水蹬的车轴、串连车辐的塞子。除去望水檀，使用其他任何木料，皆会劈易折，耽误事。

望水檀栽不活，它是一方黄土里出的。用到时，想起出望水檀的那一方黄土，目标明确，定能觅得。因此，邻村有人车水，车辐散了。车水的人跳下水车，手握利斧，急慌慌地赶往我们村，往树丛里钻。找到一株望水檀，“咚，咚”两斧头，砍下几根树枝，拿回去截短，串起车辐，蹬起水车。水又能借助惯性，爬上田坎，“哗哗”地流进农田。

我们的村庄消失后，池塘依然，官路还在，屋基平整成农田，庄稼长势喜人。我们的村庄消失了，装点我们村庄的杂树果树随之消失。但是就在我们村庄的东南角，却挺立着一株望水檀。它多像一位失散多年的老友，看上去健硕硬朗，突然出现在我的面前。一搂抱粗的躯干朝着水面倾斜，拼尽全力向上伸长。树干近七米长，形成如意造型，擎起两丈高枝丫，打开伞形华盖，像一位盆景大师精心制作的盆景。

常识告诉我，一棵树长到这么大，杨树至少要经历二十至三十年的时间，榆树至少要经历五十至一百年的时间，而一棵檀树能长到这么粗，简直就是奇迹。

二十世纪五十年代中期，村里来了一位紫红脸膛的货郎，身后跟着一个文雅白净的女人，怀抱襁褓中的女婴。一家人顺着官路，走到湖边，驻足眺望。夕阳西下，老会计走到他们身边，与货郎一见如故，倾情攀谈，都忘了吃晚饭的时间。我们村田广人稀，在老会计的积极撮合下，村民们热情地接纳了货郎一家人。他们和熟黄泥，在村庄最西首，为货郎一家垒了两间草房，西山墙外，披了一间半厦做厨房。

这家人不善言辞，做活舍得出力。村里人形容那女人，做什么事都像绣花。那女婴慢慢长大，继承她母亲的美貌容颜，细致性格，像一朵含苞待放的栀子花。

但凡村里谁家有红白喜事，货郎随礼，掌账的老会计定会双手捧起毛笔，恭恭敬敬地递予货郎。货郎并不谦让，接过毛笔，激动得脸红脖子粗，在礼簿上签上大名“禄德金”。行草牵丝连带，一气呵成，潇洒自如。老会计常常向村民解释：“我不是不会写货郎的名字，实在喜欢看他写字，龙飞凤舞，养眼提神。”那女孩从没上过一天学，偶尔也会代表老金家赴席，大大方方地接过老会计手中的毛笔，潇洒自如地签上大名“禄晓雅”。老会计啧啧称赞：“没有十年临帖，写不出这般奇正相错，方圆并用，肥瘦得体，骨肉相连的楷书。”

每年春节将至，老会计为全村人写罢春联，定会盛情邀请货郎到自己家中小酌一杯。饭后剪裁红纸，恭请货郎惠赐墨宝，得到一副全村最风光的门对子。

那位女孩沐浴改革开放的春风，踏上官道，拐上乡道，率先离开了我们村。随后，货郎领着女人也走了。对于这一家人，村里人所知甚少。他们来了和走了，如同一场梦。

这棵望水檀自从引起我的关注之后，成为我每次返乡，回到重新规划后的村庄里心中牵挂的目标。我近乎痴迷地站在远处眺望，走到近前仰视，坐在树下发呆。春天到了，我满怀好奇地审视着它萌发的紫色芽鼻。直至初夏，水田里种满了秧苗，看得我心急火燎，依旧不见望水檀长出叶片。唯有一场透雨，方能唤醒望水檀的知觉。仿佛一夜之间，这棵树枝繁叶茂，焕发蓬勃生机，近似我发出来的一声惊呼。正在我诧异之际，望水檀繁花似锦，令蜜蜂都显得措手不及。在这些勤劳的精灵全身还未曾沾染满花粉之际，望水檀枝头已经挂满刀豆样的果实，散发氤氲的气息。

我突然想起货郎的女儿，那些艰难岁月对她既是煎熬也是砥砺。相信有了这份经历，跻身改革大潮，她的人生必将大放光彩。

随着货郎一家人的离去，村里好多人也怀着决绝的态度毅然离开，贸然闯到繁华的地方，成为一名名打工者。仿佛就在转瞬之间，偌大的村庄空了，唯有这一株望水檀，挺立村头，成为一种象征，一份隐喻。

每次我坐在望水檀下发呆，老会计定会拄着拐杖踽踽而来，他依然精瘦，背越弯越低，整个人都变小了。他喜欢站在树下，将下颌搭在拄着拐杖的双手之间，一双浑浊的小眼睛上翻，凝视着枝繁叶茂的树冠。

同样是老态龙钟，一个人和一棵树，形成强烈反差。人，江河日下，树，尽显芳华。

老会计耳背，与之交流十分困难，我们俩待在一起，基本上都是他说我听。谈吐间，老会计总是忽略眼面前发生的事情，喜欢追忆似水年华，关心国家大事，和货郎一家人。

“只要有这棵树在，货郎一家人回来，看一眼就能确认我们村庄的位置。”这是老会计常常挂在嘴边的一句话。村民们戏谑地说道：“耳朵都被这一句话磨出茧子来了。”我每次听到这句话，眼前总会浮现出望水檀光秃秃地站在花团锦簇的春天，沉着笃定的样子。那是一种守望，像约定。

隔了一段时间，我再次回到家乡，看到在望水檀最粗的一根丫杈上，挂了一条红布，温暖，醒目，像一道闪电。

村里有人告诉我，前段时间，老会计头疼心难过，不吃不喝地在床上躺了三天。第四天他在县一中当校长的小儿子回来了，老会计却又能起身下床，行动自如，精神如常。老会计告诉小儿子，他昨晚梦到一位白胡子老人，领着他到望水檀下许了愿，睡梦中淌了一身臭汗，醒来后顿感浑身轻松，病就好了。

老会计的小儿子特意跑到镇上，扯了一丈八尺大红司令布，买了一挂一万头的炮仗，请了一炷香，到望水檀下还了愿。

从小到大，我常常听说家乡某某地方的大树显灵了，比如双门铺泄洪闸头的一棵桑树，隐贤集北头孝恩泉旁的一棵槐树，最神奇的是吴郢214县道旁的一株黄连树。二十世纪九十年代初道路拓宽，本已作价六百块钱卖掉了，老板过来砍树时突发疾病。后来，老板的病治好了，买树付的钱不要了，树不砍了。因此，这段道路，为了避让这棵大树，竟然向外扩展了一圈，像一名孕妇挺着个大肚子。

我不知道关于那些棵大树的种种神奇传说是真是假，但我愿意相信这株望水檀真的如老会计说的那般灵验。我明白不管老会计患病是真是假，通过这件事，乡亲们定会心生敬畏，满怀信仰，自觉地参与到保护这棵大树的行动中来。

就在我坐在望水檀下发呆的时候，老会计悄没声息地走到我的身边，动作敏捷似猫。他拄着小儿子为他新买的拐杖，面对我时，得意之情溢于言表，仿佛刚刚完成了一份夙愿。

和风拂面，树叶在我们头顶上方轻轻触碰，发出哗啦啦的声响，好似这棵望水檀发出来的会意笑声。

故乡的水井

陈学超

对于像我这种年过花甲的人来说，虽然没有经历过战争年代的洗礼，但也见证了新中国成立后不同时代的年轮。哪怕是一件搁置多年弃之不用的农具，一个打场用的碌碡，看到它，都会勾起对往事的回忆。

我小时候生长的村庄，庄子小，供人吃水的井也少，仅有一口水井，水井很像一位离群索居的老人，从它降生那天起，就常年孤零零地独居村外。论“井龄”，它比我已经离世的爷爷岁数还要长。因为是我们小村里唯一的一口水井，在小村人的心目中，老井有着很高的地位，谁都不能亵渎它。老井虽老，水质却出奇地好，清冽得赛过后来出现的矿泉水。这口水井的作用可大了，整个村子，人、畜用水全靠着它供给，因为这个，逢年过节会有人在老井周围放上一挂鞭炮，摆上供品，敬“井神”，场面看上去热烈而又隆重。

水井和我们小村人的生活息息相关，无论是哪一家，每一天至少要去那里挑担水回来，倒进水缸，以备不时之需。由于大家都去挑水，每天天不亮就有村民去“抢”水吃：一是怕去晚了水被人提光了（泉出的井水有限，提水的人多了，就有可能供不应求）；二是去晚了就得排队打水。

太阳还蒙着头睡大觉那会儿，百年老井旁就变得如戏台口一般热闹起来，聚满了前来打水的村民。绝大多数情况下，气氛还算和谐，人们会按照先来后到的顺序自觉排好队，一个接着一个提水。但也有例外的时候。

父亲常年在外地工作，很少回家，家里我是顶梁柱，重活累活大部分得由我来干，其中也包括每天都要喂饱水缸这项劳动。

我来打水，不少人都用惊讶的眼神盯着我，意思是这种活儿不是我一个毛孩子干的，挑得动挑不动暂且放在一边不提，万一失足掉进井里，那可真够受的啦！来时，娘就左叮咛右嘱咐，从井里往上提水提不动，就张下嘴，麻烦别人给提上来；挑水要走走歇歇，不要一口气挑到家。

按顺序，我是排在最后面的一个，排在我前面的是桂花婶子，她冲我笑了笑，客套地说了一句："侄子，我急等着做早饭给娃吃，我先提，要是你提不动的话，婶子才帮你提。"

她用一根绳子拴着水桶，刚要放到井里，突然，她女儿花枝慌慌张张地跑过来，从花枝变了颜色的表情上可看出她家里出了状况。果不其然，原来是花枝的弟弟招弟生病了。桂花婶子连水都顾不上打了，担起两只空水桶发疯一般朝家飞跑。我原本指望她能帮我一个忙的，她这一走，请她帮忙提水的事泡汤了。

我先是伸头看了看那个碾盘大的井口，然后探着头小心翼翼地朝井里看去，只见下面黑咕隆咚的，像个无底洞似的，我估摸从井沿到水面的距离差不离有六米。没人帮忙，我只能自己干，我先用扁担上的钩子钩住水桶，慢慢往下丢，尝试了一下，不行，水桶离水面还差着一段高度，幸好我听了娘的话，来时带了一根绳子，否则真要空手而归了。我怕提溜不动，每次只提半桶水上来，别看只有半桶水，却把我折腾得出了一身汗！

我挑着两只不满的水桶，一路扭着秧歌刚到家，看到爹风尘仆仆地从县城回来了，他大概是得着娘生病的信儿了，匆忙赶回来的。娘挣扎着坐起来，对爹说：“你调回老家来吧，有你在身边，家里的日子也好过一些。你不在，不说别的，家里吃水都难，让孩子费力吧唧地往家挑，我怕他干不了这活。”娘说着这话，眼圈就变红了。

沉默片刻，爹说：“我也知道你一个人带着几个孩子过日子不容易，要是因为这个就想调回老家来，实在是丢了西瓜，捡粒芝麻。他娘，你是清楚的，我从县城学校调回老家学校容易，再想从农村学校调到县城学校就难上加难喽！”

爹说话时，娘一直认真听着，没有和他掰扯什么，从心底里说，她不想让爹调回到老家来教书，想让爹把根牢牢扎在城市里，丈夫在城里工作，她觉得有面子；在乡下当个教书匠，总觉得比人家矮半截。

临走时，爹把水缸喂得满满的。娘说：“灌得再满，你十天半月不回来，缸里的水还是不够吃，我还得照样跑老远去挑水。咱打一口压水井吧。”

为了家里吃水方便，爹何尝不想打一个压水井呢？土地分到户后，村子里已经有几家人这么干了，仔细分析一下，这几家都不是一般人家，是村里的“冒尖户”，他们不但盖了新房，还拉了院墙。像我们还有其他人家，才刚刚解决温饱问题，哪里有钱盖房子呢？爹说，还是等到日子过得更好一些，手里有钱盖了新房，再考虑打压水井的事吧，那样就不会“挪井”了。爹说这话时，脸上闪着光，他相信，这个不算太遥远的目标一定会在不远的将来实现。

那几年风调雨顺，老天帮忙，每亩地相应地多收了三五斗粮食。手里有了多余的钱，我家也盖上了新房子，为了吃水方便，就打了压水井。看到从嘴巴大小的铁嘴里喷泻而出的井水，娘脸上喜盈盈的，逢人就会说这样的话：“终于不用到老井里和人家抢水吃了。”

爹也是一脸笑容。“孩子他娘，”爹就喜欢这么说，就好像他没给我们起名似的，“日子过到这种程度你就知足了？可以说，好日子在后头呢！”

娘没有进过学堂，不识字，自然不像爹那样看问题有深度，她脸上写满疑惑：“还会有比这更好的日子等着咱吗？”

“有。”爹说话的口气自信而又坚定，“只要你能活到那一天，就一定能够看到，而且还能够享受到好政策带给我们的更加舒适的好日子。当然，这一切只有国家富强了才能办到。”爹说这话时抬头看了看天空，只见天空一派明媚，近处的树林充满生机，远处的田野在阳光的照射下闪着绿油油的光，它看上去比天空的蓝色更加深沉。

又是几年过去后，我们村发生了翻天覆地的变化。先是修了“村村通”公路，不论是下雨下雪，都不用再走泥巴路了；之后，又建了“村民活动中心”，白天晚上都有玩的去处；通过产业扶贫，一些村民不用再出外靠打工挣钱花了，在家门口就能挣到钱……

我从省城回到老家探亲那天晚上，父亲和我聊了很长时间，他说，我退休后为啥不愿意跟着你们去城里生活？因为现在的农村和过去完全不一样了，不论是吃的、住的、用的，和城市基本上就没有什么区别，比如说，困扰了多年的吃水问题，国家就给咱解决得很好——安装了自来水管，这样一来，连压水井都用得很少了，更别说去老井里挑水吃了，用一句话概括就是，城里有的咱农村都有。

返回城里时，我特意去那口老井看了一下，发现老井四周已经没有了先前的热闹景象，它显得很孤寂。

又过了一段时间，我再次回乡探亲，看到老井周围砌上了半人高的水泥台子，上面用石磨盖住，一旁竖着一块牌子，上书“陈村百年老井”六字。

村人之所以没用土把老井填平，而采用这种做法，原因有二：一是从安全的角度考虑，防止有人不慎掉进井里；二是让后人记住这口百年老井，是它，用自己甘甜的乳汁，哺育了一代又一代子孙。虽然时过境迁，但我们不要忘了当初老井给予我们的恩惠。

留一抹月光寄乡愁

丁迎新

对于儿时的我来说，月亮是半个妈妈。

妈妈总是很忙，忙得不见人影，不在山地上，就在田野里，要不在河里，偶尔在家的时候，也在锅台边转来转去，转出全家人的温饱。就是喊上一声，也只是应付式地答，脸不会偏过来看一眼，手上还在继续她的活计。

白天好办，随便一处地方都有玩耍的东西，那都是伴。就算是泥，是石子，是一棵树，是一根草，是一只虫子，都能玩出无穷的乐趣。待到妈妈叫吃饭时，天已经黑了，黑得太早，还没玩够。这样的时候，是不需要妈妈的，有或者无，在或者不在，无关紧要。

晚上就不同了，世界是黑的，唯有一星昏黄的煤油灯光挤出迷离的一团空间，望酸了双眼。一声“妈”带着哭腔，长长地抛出去，可妈妈没工夫理会。嘴一噘，身一扭，出了家门。

嗬，月亮不知什么时候出来了，对着自己朗朗地笑。又有的玩了，树影，竹床，星星，蛙鸣，萤火虫，都是伴。尤其是月亮，比妈妈还妈妈，不厌其烦地陪着，看着，笑着，直到牵着我进入梦乡。

离开了家乡的人，会生发出一种叫乡愁的东西，跟随在每一行脚印的后面，比影子还亲密。摸不着，捉不到，但无时无刻不在。白日的忙碌，太多的无奈和欲望填塞了空间，乡愁知趣地保持着距离，不惊不扰。临到夜晚，不用召唤，无须邀请，乡愁悄没声息地登场，就像儿时的月光，陪着，看着，笑着，把梦撕扯得支离破碎。

这样的时候，特别期待城市的窗台能站上月光的脚，窗是晶莹的，天空是晶莹的，梦也是晶莹的，乡愁也可以是。遗憾的是，月光在故乡那里，不曾跟随我的脚步闯荡世界。月光，只属于故乡，唯有故乡的土壤才能休养生息，生机勃勃。

记得小时候，最怕走晚路，不是怕狼怕鬼，怕的是找不到家。月亮懂我的心思，从我迈开第一步开始，就紧紧地跟着，照亮我的路，伴着我前行，再用心些，能听到它轻轻地纯朴地唱。累了，乏了，倦了，一抬头，鼓励的笑扑面而来，笑容里隐隐已是家的模样，妈妈的模样。

因为月亮的好，我曾妄想把它收藏起来，随时随地取出来陪我伴我。趁着大好的月光，我在地上挖出一个好大的坑，让月光满满照进去，再迅速地用土掩埋。心中的得意，可想而知。没有月光的晚上，我是唯一有月光的人了吧。自然，美梦破灭了，再来一次，还是破灭。我指着月亮大骂起来：你为什么又偷偷地跑了？月亮在笑，这回，是调皮地笑，取笑地笑，幸灾乐祸地笑，气得我掉头进了家，不理月亮。

我又想出办法，用手电筒的光柱牢牢地对准月亮。我问妈妈，能照到月亮上去吗？妈妈说能。我叹了口气，可惜光柱只是光，要不，我攀着光柱爬到月亮上去该多好。长大了，我要造一个固体的能攀登的光柱，然后沿着光柱登上月亮。

掉头回了家的我，没过一会儿，又出来了。我少不了月亮这个妈妈，这个比生我的妈妈陪我更多的妈妈。我甚至觉得，我的成长有月亮的功劳，是它滋养了我，茁壮了我，再把长大了的我送出老远老远。在送的同时，也在盼，盼着我早早地回来。因为它知道，它的光亮是照不进城市的，没有土腥味的城市，月亮根本就生存不了。

我明白了一个困扰我已久的问题，原来月光是故乡的原生态标志，是地理标志产品，是故乡的形象代言。月光，就是乡愁的颜色，凉凉的，暖暖的凉，清清的凉，柔柔的凉。乡愁的味道是苦的，涩涩的苦，甜甜的苦，牵心的苦。沿着月光走，就是故乡的路，归乡的路，就能回家。

李白是背负乡愁最深的人，也是最懂月光的人，三两行诗句扔进酒杯，向着月光，擎天一举，乡愁便诗意无限，穿越古今，感染了所有离家在外的人。杜甫也是，不同的是，杜甫以一张苦脸与苦酒相对，吟出苦苦的诗句，乡愁之上满是泪的珠光。也因此，李白走的是一条成仙的道路，独自成仙，逍遥自在，而杜甫则被万千苦民敬奉成圣，在苦苦的祭坛上端坐苦思。

不知道有没有一种科技手段，能够把独属于故乡的月光，移植到远离故乡的城市，像在故乡一样，独占天宇和心际。就算有，月亮也未必情愿。试问天下，有多少心甘情愿离家离土的人？如同妈妈，总在我们生命的起点伫立，只以爱的关照和牵挂紧紧追随。

留一抹月光，把乡愁经年累月地浸泡也罢，在遥遥的那端，闪烁苦涩的滋味。

念想之时，即是幸福吧，纵然有缺憾。

贵州大曲里的无尽乡愁

卢华东

作为身在异地的贵州儿女，最怀念家乡的时刻就是春节了，那浓浓的乡愁怎么化也化不开。

每年过了腊月初八，自称半个贵州人的老爸便早早地开始囤起了贵州大曲酒，储备着过年期间与亲友们一起喝。

当中央电视台春节联欢晚会熟悉欢快的旋律声响起，我们家的年夜饭正渐入佳境。此时，真正身为贵州人的母亲，便会抽身从厨房出来，自个儿斟上一杯满满的贵州大曲酒，和父亲一道举杯，共同回忆那难忘的如歌岁月，品咂酸甜苦辣的人生旅程，感叹如今的幸福美好生活。

母亲极少喝酒，大体上只在大年三十晚上和自己的生日才喝上那么一点。而且母亲只喝贵州的酒，特别爱喝老家的贵州大曲。或许，这就是一辈子的乡愁和永远也挥之不去的舌尖上的醉人情结吧。

其实，我知道，父母特别是母亲喝的不只是酒，更是对故乡的深切怀念和对岁月的虔诚敬仰，乡情乡恋相伴着走过的时光，历经的日子，都浓缩在一杯又一杯陈酿的美酒中了。对他们来说，举杯贵州大曲酒，无尽芳华岁月长。

前几年，为帮助我照顾孩子，减少我和爱人工作和生活的双重压力，父母亲依依不舍地辗转着从贵州来到了安徽，和我们在一起过了好几个春节。

父亲是山东人，高中毕业后参军到了贵州，转业后留在了遵义工作。工作期间，由于特别的机缘，认识了我母亲。他们爱情的征程上也有贵州大曲的功劳呢。

听父亲说，他一开始到遵义工作的时候，由于人生地不熟，经常萌生辞职回山东老家的想法。无奈我爷爷奶奶怕父亲回来找不上工作，再加上当时单位一名领导的格外关照，才让他最终选择留下来。

父亲是一个心思细腻且懂得感恩的人。为感谢这位领导的关心和照顾，父亲经常在春节、中秋节等传统节日期间，捎上两瓶贵州大曲酒，名曰看望领导，实则去蹭个便饭，打个牙祭。据父亲回忆，酒送着送着，饭蹭着蹭着，话聊着聊着，父亲和这位领导便越来越亲，也越来越感同身受，越来越心有灵犀。

那时，我的母亲作为这位领导唯一的宝贝闺女，正在外地上大学。父亲虽然对母亲心生喜欢，却也不敢奢望，主要是怕自己高攀不起，反而破坏了这份珍贵的情意，只是依旧每年重大节日期间雷打不动地带上两瓶贵州大曲酒去领导家蹭个饭，顺带汇报一下思想和工作。

万万没想到的是，母亲那年大学毕业之后，不想离开故乡和父母，放弃了留在贵阳工作的机会，回到遵义找了一份工作。此后，父亲见机会来了，去这位领导家更勤了。只是以前每次捎带的两瓶贵州大曲酒，现在变成了一箱贵州大曲酒。

精诚所至，金石为开。几年后，这位领导终于被父亲的淳朴忠厚和奋发上进所打动，在调离父亲所在的单位后终于接纳了父亲这个准女婿。那一刻，父亲觉得整个世界都是自己的！也不知道父亲那时兴奋得究竟独自喝了多少贵州大曲酒，以庆贺自己的佳缘偶成与梦想花开。

不用说，后来父亲和母亲订婚、结婚用的喜酒都是贵州大曲。自然，我和妹妹出生的喜酒也是贵州大曲。后来，我高考考上合肥的一所大学，毕业后留在合肥工作并结婚成家，妹妹在贵阳结婚成家，婚宴用的喜酒也都是贵州大曲。直到现在，我的孩子出生，喜宴用的酒还是贵州大曲。老品牌，老字号，让贵州大曲酒走进越来越多人的视野，成为很多人餐桌上的心头好，也是我们身在外地的贵州游子心底里的骄傲和舌尖上的自豪。

父亲高兴的时候，总爱半开玩笑骄傲地说："这贵州大曲酒可招人喜欢了。你的母亲啊，就是被贵州大曲酒陶醉了才嫁过来的呢！"母亲便在一旁忍不住地揶揄道："可不是嘛，我老家的酒可金贵着呢，也只有这么有年头、有文化、有追求的美酒配少年才能打动我哟！"说完，便和我们绘声绘色地说起父亲怎样十年如一日地用贵州大曲酒和自己的领导套近乎，矢志不渝等待和追求自己的生动故事，说得我们前仰后合地笑。

现在，贵州大曲酒既是父母亲每年结婚纪念日的铁定纪念酒，更是我们家的日常用酒。凡有家宴接待，必喝贵州大曲。美满生活，岁月留香。

是啊，吾心安处是故乡，每个人心中都有自己的故乡。这个故乡，哪怕她是不完美的，也不容许别人说她一句不是，永远不改自己初恋般的炽爱，因为自己的故乡原本就是最美的。这个故乡，她的一草一木、人们的一颦一笑、周边的一山一水，都自带情感，也许她远在天边，但仿佛就在眼前，时刻牵动着我们的思绪和生活。这个故乡，即使身体早已远离，可是内心却是无比眷恋，因为她从一开始便走进了我们心灵的最深处，成为血液里不可分割的一部分。而故乡的那瓶贵州大曲酒，更是始终萦绕在心坎上，捎回来的是记忆，送出去的是真情，喝下去的是思念，品出来的是乡愁。

再版的村庄

吴如洋

站在新居前，望着四周陌生的房屋、陌生的邻居、陌生的环境与天空，突然心生感慨，虽然桑田仍在、村名如旧，但这已是别人的村庄。

新居，父母的家，距离老屋一公里，盖在自家的承包地。虽说是自家田，但在新建时却也颇费了周折，几经停工，反复多次才算大功告成。随后，从事室内装潢的四弟带着几个工人，紧赶慢赶了一个多星期，终让新居有了如今的模样。两上两下的楼房，一个院子，独立的厨房、独立的餐厅、独立的卫生间，在城市人看来，如同周边的每一幢楼房一样，来自同一张图纸的翻版，只是细节略有不同，但在父亲眼里，却是奢侈、豪华之极的别墅。

想着年近七旬的父母实属不易，一分钱没要儿孙帮衬，也没有叫回家搭把手，硬是自己生生地盖起了这高大上的“别墅”。

就在我于门前感慨之时，路上匆匆经过了几个行人，却一个也不认识，便落寞地回到屋里，骑上父母的电动三轮车，上了水泥路，转弯再到生产路，一路颠簸着前往老屋。

记忆里，村庄从有整体搬迁的传言到付诸行动，有一年多的时间，心理上早已有了充分的准备，但真的进入了村庄，眼见的景象还是给了我强烈的震撼和极大的触动，仿佛触电般浑身颤抖。

梨树、桃树没了，老槐树、老椿树也没了，就连两口当家塘也被夷成了平地。我家的六间瓦房、厨房已是残垣断壁，碎石断瓦、枯木断棒散落得满地都是。信步走进村庄里，绝大部分的楼房、平房、瓦房、厨房、院墙、猪圈、厕所也都是房倒屋塌，只有家宝、小西、二疤瘌等几户的老屋还屹立不倒，房门紧锁，门口的荒草已经齐腰，罕有人迹。自从多年前，他们去南方打工，就很少再相见。如今，村庄没了，仿佛斩断了他们最后一缕牵挂，从此后，他们不会再回来了吧。

绕了一圈，发现那口上百年的老井还原封不动静卧原地，但搭在淌水沟上的桥板却不见了。桥板原本立于井沿，上刻有大爹爹撰写的碑文，以铭记挖井人的恩情。只是后来，井碑由观赏纪念变成了具有实用功能的桥板，历经多年的车轮碾轧，字迹斑驳得几近于无。

大爹爹，曾经的教书先生，写得一手好字，并擅长公文写作，曾受到其好友、时任新四军游击大队大队长梅竹樵的赏识，引见给了罗炳辉将军，罗将军特意安排警卫员驾着自己的大骡子前来盛邀，但大爹爹却以自己有生理缺陷（瘸腿）为由婉拒，并以一介教书匠的身份终老一生。如今，除了大爹爹的子孙，也许只有我这个侄孙还会时常惦记着他，偶有回想他的传奇和传说。

重又回到自家坍塌的老屋前，扒开断棒断瓦，从墙角处找到了一对小石磨，仔细查看，好在没有破损，又从两个土灶台中间发现了完好的水瓮；使用一根长木棍，使出了吃奶的力气，终于撬出了压在砖头和破旧门板下的一对石制门窝子；还不忘压井旁用了多年的大青条石、敞口菜坛子，然后一件件、一趟趟，用三轮车搬回新居。

母亲见我满头大汗，满身的土与灰，嗔怪地说："弄这些干什么，没地方放，也没有用了。"

我知道，搬回来的大部分东西可能百无一用，在不算局促的新居，除了高高地堆放在南墙的拐角处，就连把它们清洗干净、以崭新面目示人的机会都没有。但我还是舍不得丢下它们，想着把能带的、能搬的都运到新居。毕竟每一个物件都曾功勋卓著、为这个家立下过“汗马功劳”。它们，留存着我的美好记忆，留存着我们一家人在一起的相濡以沫，更留有爷爷、奶奶的汗水、血水、泪水，以及对我们后辈无尽的疼爱和期盼。睹物思人，爷爷、奶奶已离开我们多年，家中除了我收藏着一个奶奶陪嫁时的铜制鞋拔子，别无他物，现在，如若这些物件也不留存，我将以何寄托对他们的思念、回忆他们的好，更害怕梦境中见不到他们了。

最终，那盘铁犁、木耙，还有石磙，因无处安放且非我一人能力所及没弄回来，不日，它们和一些人家丢弃的腌菜坛子、镇菜石头们一起不知所终。

父母搬进新居后，我依然如常，过上一段时间就会回到家来。每次回家总要去村庄，去老屋，怀着凭吊的心情，在一片废墟上走一走、坐一坐，往事旧梦、欢乐与哀愁仿佛昨日，潮水般浮现在眼前。听说在此期间，二疤瘌回来过一次，其他几位打工人没有再踏上故土。

近些年来，家宝、小西、二疤瘌们抱团取暖、相互提携着外出打工，有了钱后，第一件事便是将家安放在大都市或是在县城，再将父母接过去，孩子也有了更好的读书条件。还有为数很少的几户，将新房盖在靠近公路的自家责任田里，一声清脆的鞭炮声后，一大家子重又返回打工地，任由新房成为空巢，或由爷爷奶奶带着留守的孩子读书。挥手送别了一个个堂兄弟、侄孙们之后，父母回头发现，村庄里只剩下他俩，形单影只地成了最后一户人家。正因为这样，村庄的整体搬迁便成为必然。

父母新居落成前后，由于交通便利，且距离集市不远，道路两旁陆续迎来了百户人家，形成了较大规模的村庄。这些新邻大多是十里八乡的村民，在原来的村庄整体搬迁后，买了我们庄上或邻庄的土地建房。我们本庄上的几户零散夹杂在中间，仿佛小数点后面的数字般可有可无，虽然在户口本、身份证上，在每一次登记的台账上依然还叫原来的村名——滩子吴。

刚入住新居，因为不适应新的环境，加之与邻居不熟，无呱可拉、无话可说的母亲每天除了干点力所能及的农活之外，便会搬个小板凳，坐在门里或是靠在门外，晒着午后的阳光，嗑着瓜子、吃些水果，或是呆呆地发着愣；父亲更多的是手捧着书一看就是整个下午。

没过多久，很少发生矛盾的父母爆发了一场激烈的争吵，并打起了近一个星期的冷战，就在母亲突发“乌龟打憋气”的傍晚，惊慌失措的父亲赶紧打电话给我，我和大哥连夜打的从县城返回家中，历经一晚上的劝说，才算平息事态。重新与父亲和好的母亲决定将南墙往外拓展三米，反正是自家的水田，父亲也非常赞成。接下来的一段时间，他俩每天骑着电动三轮车从四周取土，硬是生生地将水田垫起一米多高，二分多地[①]。待我和大哥一起回家时，大哥开着拖拉机来到老屋的粪堆旁，一锹锹将粪土铲在拖拉机上，我们恨不得挖地三尺，将积攒了数十年的营养全部搬到新居的菜地上，让生菜地瞬间置换成熟菜田。

菜地完工后，母亲又在厨房后面垫起了一大片，利用建房的下脚料，左边搭建了一个棚子，棚下放一口烧柴的大锅；右边搭了个棚子，中间一隔两半，地上铺上一层厚厚的稻草，随后，兴冲冲地从集市上陆续买来了小鸡小鸭，与半大的鹅各占一半、互不侵犯。父亲骑着电动三轮车，带着母亲冒着酷暑，满田野里去割老鹅菜、灰灰菜，或是去拾芋头、玉米，再用大锅烀开，成为家禽们的美食。

到了秋天，稻谷收完，那些鸡鸭鹅，还有新买的几只半大的番鸭，天麻麻亮就嘎嘎嘎地大喊大叫，急不可耐地要出去觅食；傍晚时分，袅

① 10分为1亩，1亩合666.7平方米。

袅的炊烟中，父亲手拿着绑一个蓝色布条的长竹竿，穿梭在稻茬田里，一声声呼唤和赶撵着大腹便便的鸡鸭鹅们回家。

转眼间，大半年过去了，母亲与庄邻们已是熟稔起来，常会与村妇们相约，一起骑着电动三轮车上山摘蘑菇、揪黄花菜，或是搂草、采茶、拾地衣。每次赶集回来，母亲会将购买的水果送些给邻居的小孩，逗孩子奶声奶气地喊一声“奶奶”；菜田里的蔬菜收获时节，站在田边的母亲会喊上一嗓子，叫邻居来铲些辣椒、菊花心。

初冬，南墙边，母亲将几块砖头堆起，上面铺一块长长的木板；我从老屋拉回的猪槽也派上了用场，倒扣过来清洗干净，与长木板摆成一行。母亲看出我的疑惑，说：“这不天冷，要晒太阳吗？我家的南墙得光暖和，庄邻们都喜欢来，晒太阳倒不要紧，就有点浪费开水和香烟。”

听了母亲看似抱怨实则开心的一番话语，我突然发现，如今流行的凡尔赛文学其实就来源于生活，来源于母亲这样的“乡野”，心里暗暗惦记着，下次回家，不论孬好，一定多买几条香烟。

晚上闲聊时，母亲说，早想到有这样的生活就早点出来了，肯定多活几年。晚上出门不用带手电筒，从这家到那户串门，一路都是路灯，庄上人不知啥时候开始，吃过晚饭就沿着公路，一路亮堂地去散步。家院是水泥地坪，门口是水泥地坪，前面就是水泥路，脚不沾泥，都不用买胶鞋了。屋里屋外干干净净、利利索索，哪家搞得不干净都惹人说闲话。住的敞亮、吃的干净，通了网络，也学会了用手机看电视，听老戏。更重要的是，再也不怕黄鼠狼来偷鸡了，再也不用半夜听到一点儿动静就要起来查看，是不是来了小偷。

听母亲一口气说出这么多的好来，可以看出母亲溢于言表的幸福和满足。我在为母亲高兴的同时，也渐生起惭愧来，作为村庄里最后一户搬迁的人家，母亲在老屋里也曾养了很多的鸡与鸭，独享着整个村庄里遍地的枸杞子。我一直向朋友和同事炫耀“天然绿色吃枸杞的药鸡”，没想到却要时时防范惨遭黄鼠狼的“毒手”，还要每晚心惊胆战地害怕与小偷遭遇。

在母亲的诉说中才知道，在我将猪槽、小石磨等往家搬运之前，父母就已费了好大的劲将重达数百公斤的大拴马石还有小拴马石搬到了新居。我家的拴马石已有六百年的历史，曾安放在红心驿站。待到清朝末年，驿丞被裁，驿站不再的时候，作为驿站的站长，我的高祖便将大小拴马石大小马槽等驿站的物品搬回家来。又一百多年过去了，能够证明我们家是红心驿站站长后人的，也仅有这一大一小的拴马石了。

我还注意到，母亲曾嗔怪我从老屋搬回的旧物大多派上了用场。青石条，不知何时已清洗干净，放在院子里作为吃饭的餐桌；敞口菜坛子，里面栽种上了我带回来的无花果，浇水用的是水瓮，小石磨成了腌菜用的镇菜石。

大爱无言，虽是无言却胜过满江河的甜与蜜。作为父母，知道孩子的牵挂，惦记，他们在用自己的行动和付出，无声地抚平孩子心中的伤与痛，思念与追忆。

作为人子，我发现自己是自私的、是利己的，对于老屋、对于村庄，就如同初恋，历经时间的沉淀之后，忘却了彼此在一起的诸多烦恼与焦灼，记忆里留下的都是她的好。作为父母，每天身在其中，诸多的生活和劳作上的不便，无时无刻不在缠绕他们，他们有对美好生活的向往，并通过自己的奋斗去一步步适应环境、改造自己，提高生活的质量。

我知道，如今的父母，已将别人的村庄当成了自己的村庄，不，是村庄的升级版，是经过编辑、完善后，更加美丽、更具人气的再版的村庄。

我的美丽乡愁

席振秋

离开了家乡，留在家乡的童年和那个小女孩就像合上的一本书。往昔美好、甜醉的情景，就像夹在书本里的鲜活的花瓣，再翻看还是那样美好。

记忆中的那个家乡，四省毗邻，像包裹黑纱的阿拉伯美女。但是，每到春天，被裹得严严实实的砀山县，总会用特有的香气和颜色艳惊全世界。

一到春天，最先感知到春的，就是桃花。有诗云：桃花春色暖先开，明媚谁人不看来。

我们这些孩童自打从灰褐色的桃树枝上看到红红的花苞开始，就流连于桃花园里再也不肯出来。看看这朵，瞧瞧那朵，啧啧称奇。那嫣红的颜色映着孩子的脸也亮了起来。在桃树下躲猫猫，或者爬到树上远眺另一块桃园的景色时，碰落的桃花会粘在头发上。

看着觉得甚好，干脆折下一枝斜插在奶奶的头上，银白的发丝衬着朵朵殷红的桃花，有一种别样的美。我鼓掌大笑。奶奶也笑着嗔怪："这一枝可是能结两个大桃呢，浪费。"

而我从不在意，每年都会上演类似的好戏。被殷红的桃花包围的小院里总是欢笑声阵阵。嫁去城里的邻家姑姑白皙漂亮，说起话来软软的、温温柔柔的。她轻声请我们帮她摘桃花，她说桃花的花蕊挤出的汁可以祛除雀斑。

我看她脸上的雀斑长得很是地方，随着她的笑，蝴蝶般飞舞，祛掉了倒觉得惋惜。但她肯定的眼神让我们生出一股豪气，在桃花园里就不单单是拼命奔跑，捉迷藏了，又多了一个借口和桃花亲密接触。不知为何，竟然还生出了“又摘桃花卖酒钱”的感慨。

可是，摘着摘着就觉得索然无味。看看这朵，不舍得；那一朵，也不忍心。连带着对这位姑姑也不再喜欢。等明年她再来摘桃花，也不愿意帮忙了。为了自己的脸，竟然有这么狠的心！我开始背地里叫她“满天星”。殊不知，自己也跟着糟蹋了不知多少朵桃花！

梨花是砀山的县花。这里几乎家家户户都种梨树，这种树，开出的梨花朵朵玉雕般美丽，这与它黑黝黝的苍老的树身极不相称。就好像乌鸦窝里孵出了金凤凰，豆腐汤里发现了鲍鱼一般不协调。

清明前后，桃花刚刚凋谢，它就会铺天盖地般开放，若是此刻你坐上飞机飞到砀山上空，你会发现这个小小的县城被白色覆盖，被美景围绕，被香气包裹。而这个香气浓郁，衣服上、被单上哪里都有这个味道，很久都散不掉。

我不喜欢梨花，我一直认为是它的到来赶走了桃花。桃花落了，随风消失得无影无踪，而留下的香味也被它替代。

而杏花，顶着一张惨白惨白的脸，更是不讨人喜欢。

不知道为什么，小时候的我特别爱闻柴油的味道。我家屋后就是大路，经常车来车往。那个时候的路况不好，路面最上一层是沙土，下面是胶泥。这种泥特别黏，是男孩子们“摔瓦屋”游戏的专用泥。

一到连续下大雨，路面会被轧得出现很深的沟，一有拉重货路过的拖拉机，准会陷进去。我们这些小孩子就可以看好长时间的热闹。司机下车挨个发烟，赔着笑脸央求着帮个忙。

忙肯定要帮，把烟别到耳后，二话不说就开始干。垫砖头，拿木棍，喊着号子别着轮胎："一二一二……"拖拉机"腾腾腾……突突突……"冒着黑烟。我专门站在烟囱处，吸大烟般痴迷地陶醉在浓烟中。这个时候可是我尽情享受的时候。半个小时过去，拖拉机终于精疲力竭地爬了上来。车走人散，露出了我包公般的大黑脸。

看热闹的人谁见谁笑，吃饭的古前叔笑得连碗都端不住。我见别人笑，自己也跟着乐："哈哈哈……咯咯咯……"

堂姐见了，恶作剧般在我的黑脸上抹了几把，嘿！一眨眼又变成了个小花猫。看着镜子里的自己，多美呀！像是化了妆，怎么看都看不够。乐颠颠继续去疯玩。

偶尔我也挺安静。隔壁的大姐姐用指甲花把十个手指甲染得红彤彤的，和白嫩的手搭配在一起，自己的小黑手胆小如鼠，死活不肯伸出来。

指甲花我家桃园的空地上种了很多，现在开得正红。我心里着急，自己也要有这么漂亮的手！

不顾大中午天热得烫头皮，走近路直冲那片花海而去。侧身穿过蓖麻叶，灵活躲过甘蔗叶林，弯腰避开头顶果树上垂下的青苹果、小毛桃……

还需要什么呢？白矾！从抽屉里找到白白胖胖的它，用小锤子敲下来一小块，放到手里掂量掂量，应该差不多了。

拎着让妈妈看，才知道还缺不少东西：绳子、青麻叶、石灰、臼子。又是一顿手忙脚乱的收集后，只差石灰了。石灰到哪里找？爷爷给了建议：小卖部傍晚会有人在那里吃皮蛋，还喜欢打二两小酒配着。那皮蛋的外皮包着的，不就是石灰吗？你去那里，准能找到！

天还没有黑，我早早地就到了，就在柜台旁边等着。地面扫得干干净净的，果然这个时候啥也没有。老夫子爷爷来打醋，准备晚上凉拌黄花菜；弯腰进来的是志举爷爷，买了一把挂面弯腰又出去了；一会儿志举奶奶又来，埋怨老头子自己说了几遍，还是忘了买盐……

我心里长满了草，爬满了所有的空隙，密密麻麻。终于在将要溢出来的时候有了转机——老夫子爷爷又来了！原来他背着老婆偷偷喝酒！他站在柜台一角，示意老板打二两酒，要两个皮蛋。

老板也干脆，先打酒。只见他伸手拿出一个粗瓷敞口黑碗，变戏法般拿出一个小端子，轻轻地放进酒桶里，“咕咚”一声，再满满地提出来，倒进碗里。老夫子睁大了眼睛，盯着小端子里的最后一滴酒也落进了碗里，连连称赞道：“好得很，好得很。”老板再去拿皮蛋，在手里颠一颠，感觉颤颤的，隔着皮也知道是好的。转身放到了柜台上。

此时的老夫子早已是两眼放光，抢先端起碗抿了一口在嘴里，面容陶醉，半天才闭起眼“咕噜”一下，喉头一动，一口酒就下了肚，“哎呀！”一声长叹，好像把一天的劳累都吐了出去。

他拿起一个皮蛋，轻轻地在柜台边上拍了一下，像拍皮球般又拍了第二下，沿着这一个地方，旋转着拍了一圈。他一边和老板聊天，一边熟练地磕，那动作行云流水。

觉得差不多了，双手拿着皮蛋，掐住中间的破处，轻轻向两边一掰，立刻有一个晶莹、嫩黄且圆乎乎的东西颤萌萌地探出头来，主人娴熟的剥蛋技术硬是让它浑身上下没有受到一丝玷污。

只见主人微微低头，一个吸溜，整个的皮蛋都被吸进了嘴里。连嚼几下，就咽下了肚，顺便再抿一口，“哎！”又一声长叹，那叫一个舒坦。

看他喝酒的模样，我忍不住又嘻嘻笑起来。不等他把手里的皮蛋壳扔到地上，就一步跨出去踮起脚，把壳抢先抓到手心，然后野心勃勃地盯着另外一个皮蛋。

有时候运气不好，两个皮蛋壳好几个丫头在等。

我美滋滋地把石灰拿回家，在妈妈的指导下，就开始了神圣的变美之旅。白矾用擀面杖擀碎，放到臼子里，指甲花、石灰也一股脑地放进去，像捣蒜一样捣成糊状。接着就需要人帮忙了，捏一撮放在指甲上，裹上青麻叶，用细线裹紧，打上死结。一个指甲就包好了。

等十个手指都包好，就什么也干不了了，只能干坐着看别人洗澡、吃西瓜、聊天。孤独的小女孩知道明天的自己可是会变美的，带着这种高傲的心不知何时睡去。

小孩子的睡姿千奇百怪，梦境光怪陆离，睡到半夜觉得手上不舒服，梦游般爬起来挨个拔，等到天明才发现十个手指的青麻套所剩无几。

依然包裹得好好的手指上有惊喜：拔掉青麻套，手指甲的颜色红红的，连带着手指头都是皱巴巴的红。那掉得早的，手指上只留下淡淡的黄。

皮肤上的颜色过几天就掉了，唯独手指上的颜色红黄不均，和隔壁大姐姐比美是不太可能了，但我心依然欢喜。不时伸出手指对着太阳比，对着手电筒照，左看右看一阵后，觉得很是满意，又开始傻笑。

砀山留给我的记忆永远是那样美好。

小花牛

徐玉向

在淮河南岸，在黄泥山的西北，在地图上都找不到的小小村落，谁还能记得一头小花牛。

家中第一头耕牛，是大黄牛犍子。人前慢悠悠迈动沉稳的四蹄，槽前默默嚼进稻草，就连爷爷给它上草料，也仅仅报以晃晃脑袋。田间干活的情景，我已无从记忆了。以上仅是五岁前对牛的识记。

老家的农作物是一年两熟。小麦于中秋后种下，无论是旱地还是水田，翌年端午前后收获。接着，旱地播下黄豆，水田栽下秧苗。或因早年生产队的生产模式，或因家乡有座小山，故乡到处是黄牛的身影。

大约五岁那年，爷爷从长卫街的集市上牵回一头小花牛。家中的大黄牛，已不知去向。

我从草栅里抽了一把干稻草，围着小花牛看稀奇。小花牛似乎和我有缘，抑或害羞，多是看中我手中的干草罢了，朝我“哞哞”地叫了几声。我发现小花牛有点狼狈，一片干巴巴的污泥，糊住腹部，几根杂草，卷在牛背的鬃毛中。

小花牛，你是不是不愿离开家？在你的牛棚里，躲避着原来主人的强力牵扯呢。你还在想着家里的亲人吗？我想你一定是哭得很伤心。瞧，你的眼角，还有泪珠呢。

小花牛，你是不是发疯一样，用你并不坚强的双角顶向我的爷爷？或是驻着后脚，不肯从集市再前行一步？我想，最后吃亏的一定是你吧。看，你的角尖还存着没被风带走的土屑呢。

小花牛，愿意和我做好朋友，就吃了这把干草。里面一个宽敞的牛棚，就是你的家了。

爷爷从院里端出一盆清水，拿了一把刷子，开始给小花牛清理卫生。我站在一边看着。他先用干刷子把小花牛全身的毛理平，刷掉杂毛和泥、草屑，蘸上清水清理牛蹄部分，再清理牛眼四周的眼屎，连牛角也刷了一遍。

爷爷终于直起身。我被眼前的小花牛吸引住了。谁能想到，这个世界上还有这么漂亮的牛呢。它的额中有一块洁白的茸毛，两只角秀气坚挺，身上由金黄和雪白的皮毛构成了各种图案。四蹄轻健，鞭子似的牛尾，悠闲地甩着。两只圆鼓鼓的眼睛，略带点稚气的眼神，让我感到分外亲切。

爷爷扳过小花牛的牙齿，对我说，看看，它才两岁多。

“我五岁！爷爷，以后就叫它小花牛好不好？”爷爷笑笑，算是同意了。从此，我的童年里多了一个玩伴。

最初一段时间，爷爷舍不得带小花牛下田。去邻居家借牛用了几次，又觉诸多不便，终于把小花牛牵到田里了。我看到小花牛走出院门的那一刻，猜想它今天会挨爷爷多少鞭子。

直到爷爷的身影再次转回院子，我发现他只放下肩上的犁，手中并不曾有鞭子。于是我跟着爷爷把牛牵到牛棚里。趁他走后，偷偷多撒了两把料在小花牛的槽里。可是，它却不领情，只顾埋头大吃，或许真是累坏了。

在院子里休息的爷爷，对小花牛今天的表现表示满意。于是，我又想，哪天能亲眼看看小花牛是如何干活的才好。

接下来的日子，小花牛经常跟着爷爷在家中的各处田地里耕作。邻村的人一看到小花牛，就知道是爷爷又下田了。拗不过我的几次乞求，爷爷终于同意带我和小花牛一起下地。

奶奶却说，带他去干什么？不嫌累赘。爷爷说，带他去下地没什么不好，男人嘛早晚是要去干活养家的，早点去学总比不会强。奶奶嫌爷爷教我农活丢人。别人家的小孩都在家玩。爷爷认为犁田耙地是庄稼人的本分，没什么好丢人的，以至搬出我曾祖父的教训来。

我抽空拿起鞭子，先冲出了院子。一会儿工夫，爷爷扛着一支耙牵着小花牛出来了。出了刘小桥，我们转弯向南，往大秧田方向走去。

夏天刚刚开始，老皮塘里的荷花还没结成花蕾，荷叶却是一片接着一片，铺满了半个塘面。浮萍漂漂荡荡，随着流水进入小渠。我一会儿用鞭杆打蝴蝶，一会儿停下来看蚂蚱，走到老皮塘埂上已是满头大汗。但是爷爷并没有停下，走几步就回过头催我快点。可是，我总也赶不上，只能一路追着他高大的背影。

爷爷把耙放好，再套上小花牛，我刚好跑到自家的田埂上。他要过鞭子，又要我喊号子。我问他为什么喊号子，他告诉我说小花牛还没长大，干重活容易累伤了，你唱歌给它听它就不觉得累了。

“小烟袋，两拃长，呼噜呼噜上瓦房。瓦房顶上一瓢水，浇到大姐一裤腿。大姐大姐你莫哭，明天拉车来接你。什么车？花花绿绿车。什么牛？秃尾巴老牯牛。什么鞭？一打一杠烟……”

田中的小花牛，似乎听到我在喊号子给它加油，遂迈动坚强的脚步，一步步往前走。爷爷站在耙上，一手扯着缰绳一手挥鞭，如战士站在战车中一般威武。他的鞭子每每扬在半空中，鞭梢吐出一声声清快的响声。

在我六岁那年，爷爷病故。小花牛和我一样没能送爷爷最后一程。我记得那天凌晨我还在睡梦中，一群人抬着爷爷的棺木拥出了院子。

等天放亮了，院子里已是空荡荡的。我想起了小花牛。小花牛，你今天吃早餐时再也见不到那个熟悉的身影了。我们永远失去了爷爷。

温热的初夏，碧草如茵的田埂上，一个小男孩叉着腰在喊着号子，田里一个壮硕的老人站在耙上，一头小花牛低着头一步一个脚印地往前走……

小花牛，你是否想过回过头来，看看你的蹄印是深是浅？而你身后的耙，却如无情的时间机器，无声地抹平你的任何脚印。一片平整的带着浑浊泥水的田，呈现在大大的天地间。

眨眼间十来年过去了，小花牛已是大花牛。在我小学快毕业时，大伯和父亲商量着把小花牛卖了，换一头小牛回来。那天中午，我躲在学校没有回来。我怕见到小花牛被牵走时的场面，我怕控制不住自己的情绪，我更怕由此再扯出对爷爷无尽的思念。

等傍晚挨到家时，牛棚里已然住进一位新的陌生的来客。

小花牛，你还好吗？

陈年大曲香

张　恒

这是我扶贫的一次经历，三年前的事情。

那天，温度陡然降低，路上行人都加了衣服，冬天的意味一下浓起来。我忽然觉得，应该到扶贫户家去一趟。于是，叮嘱去菜市场买菜的妻子多称一斤肉，多买两条鱼。另外，把那件没怎么穿的黑色羽绒袄子和灰色羊毛衫找出来，再找几件新一点的衬衣，一并让我带着。

临上路的时候，我又到药店买了几盒硫酸沙丁胺醇，药效比较好的那种。

张先万家在刘庄的北边，门虚掩着，人不在家，我喊了两声没人应。于是便把东西放在堂屋的桌子上，出去找他。门自然没锁，人肯定就在附近。

在距离门口百把米的一座池塘边我看到了张先万的背影，他正在捞浮萍。见我来了，张先万很惊诧，说天这么冷你还跑来……就这一句，又停住了。但我感觉他喉咙里的话没说完，像是感动没说出来。张先万是个老实又不善言辞的人，帮扶这几年我已经像熟悉家里人一样熟悉他了。

我看着塘埂上那棵倒在地上的榆树。这棵树是被风刮倒的还是被人推倒的不清楚，但还活着。不仅树干长着青青的嫩枝，那从泥土里翘出来的根系也生出许多细小的叶子，这不禁让人生出几分感叹，几分敬畏。树和人一样，也有求生欲望，即使倒下去了，并不等着死亡，而是竭力延长生命的时间，绽放生命的绿叶。

回到门前，张先万把捞来的浮萍往地上一撒，“啄啄啄……”几声唤，在四周觅食的鸡呼呼都跑来了，跑得草飞灰扬，一会儿就蹿成一片，啄着抢着。看来这些鸡都听惯了张先万的唤声。这些鸡，是我春上鼓励他饲养的，鸡苗和鸡饲料也是我帮他联系的。

趁着张先万一脸的喜悦，进屋我就拿出带来的袄子、羊毛衫和衬衣。我说天越来越冷了，带两件旧衣服给你，我俩身材差不多，应该能穿的，不晓得你要不要？要哟，要哟……张先万捧在手里很高兴，翻翻，看看，当成新的一样。他激动地望着我，说你帮我这么多忙，花费时间精力不算，还送我衣服，这叫我怎么感谢你……要不今天就在这儿吃饭吧，我去称点肉。我说，天冷，我就是来陪您暖和暖和的，肉不要称，我带来了。说着，拿出包里的鱼和肉，拎给他看。

张先万这回的感动明显挂在脸上，齁声忽然大起来。那是呼吸急促造成的。我又拿出硫酸沙丁胺醇，说这药治哮喘有些效果，你试试。他嗫嚅着嘴唇：真让你费心了。声音小小的，但满满的情感。张先万有哮喘病很长时间了，这么多年也没怎么治。

这个上午，我帮着把堂屋打扫了一下。感觉，一整洁就显得亮堂。炉火也烧起来，鱼肉的香味淡淡地飘着，屋子里立马就有了不一样的气氛，不仅是温暖，还有温馨。我忽然想，这屋里应该经常有鱼肉飘香的，应该始终都是亮堂和温暖、温馨的。一座房子的亮堂，不仅仅需要太阳光的照耀，还需要大家目光的照耀；一座房子的温暖与温馨，不仅需要党和政府的政策关怀，还需要亲情和友情的体贴和安慰。家庭的贫困，是身残没有劳动力造成的，而孤独和寂寞，却是缺少关爱的环境造成的。扶贫，除了经济援助，还应该有精神援助。国家提出精准扶贫，不仅是一种理念，还有特别含义。

吃饭的时候，张先万特地拿出一瓶酒，告诉我，是他侄子从贵州带回来给他的，一直没舍得喝，放着好多年了。我一看，是瓶贵州大曲，存放时间确实不短，商标都陈旧了。我说这可是好酒，你继续留着吧。张先万说，今天高兴，这时不喝啥时喝？接着，硬是打开酒瓶给我也给自己斟了一杯。他说，他很长时间没有一个人独自喝酒了。我相信他的话。一个人喝酒往往有两个极端，一是高兴喝酒，一是忧愁喝酒，但都不算常态。只有日子好了，生活不存在忧愁，每天都是喜呵呵的，喝点健康养生酒，才是生活常态。

张先万孤寡一人，年纪大了，还有残疾，没有固定的经济收入，生活比较困难。几年来，我作为他的帮扶人，和他共同想办法怎么脱贫致富，渐渐地，他的生活有了根本的好转。我跟他说，找个时间我陪你去看看哮喘病，老是齁对身体不好。张先万说不麻烦了，老毛病，几十年了，一直都这样。我说还是看看吧，花不了多少钱的。他憨憨地笑笑，说不是为钱。又接着说，现在有钱了，正常过日子用不完。于是，弯着手指头跟我算起了全年的收入：在专业合作社入股可以分红五千元，五十只鸡能卖三四千块钱，再加上低保金、残疾人补贴和土地流转金，总数将近两万元。他算着算着就笑，数字都刻画在脸上。末了，又问我一句，他可算错了？我敬他一杯酒，说没错的，到年底肯定有两万元收入。

鸡在门外“咯咯咯咯”叫，像是在说“是的，是的”。

张先万现在是完全相信我的话了，经常说党的扶贫政策好，扶贫干部好。当初我动员他到水产养殖专业合作社入股，他还有些犹豫，怕钱投进去了没效益，本金都收不回来。尽管那笔钱是无息贷款，属于扶贫专项资金，但他怕。一生做事把稳的厚道性格，使他不愿冒一点点风险。直到我把入股的所有事情都做好了，不止一次地带他到养殖基地现场查看，还在养殖基地为他谋取了一份抛撒饲料的差事，既有劳务收入，又能随时看到专业合作社的发展情况，他这才勉强答应。后来他告诉我，幸亏入了股，合作社势头蛮好的。

张先万脸有些红晕，不知道是因为喝了酒，还是因为高兴。中间说了几句，这酒味道是不错。我说，贵州大曲是茅台酒厂的，当然不错了。看他高兴我就想，要是每天他的气色都这么红红滋润就好了。不过，脱贫了，应该会这样的。

我临走的时候，张先万有些不舍，忽然说了一句，要是你们不扶贫了，我这日子怎么过？我一听马上安慰他说，国家早就有安排，即使扶贫工作结束，但政府帮助困难户的政策不会结束，全面实施的乡村振兴战略就是进一步提高老百姓的富裕生活，不会让任何人返贫，你就放心好了。

老人举起左手送我出门。我有些酸酸的感觉，看着那截右袖筒沉沉地垂着，心里空落落的。我感到了一种重量，一种责任。

我回头望望老人，又望望塘埂边。我想要是早些时候把那棵倒树扶起来，培上土，打个支撑，这塘边定是多了一道别致的风景。

我还想，下次来再给老人带两瓶酒，最好是贵州大曲。老人喜欢这酒的味道。

栀子花飘香的夜晚

胡明琳

月光清冽。

母亲扛着锄头匆匆回家的身影映在院里，映在暮归的水牛旁，映在斑驳的竹林与袅袅炊烟下。远处的山丘和近处的房屋都成了剪影。

母亲刚三十出头。借着月光，她摸出火柴点亮了灶屋的油灯。鼎罐、铁锅、碗篮、干柴、竹耙和水缸里搁放的栀子花，渐次映在母亲清亮的眼眸中。灯芯跳跃，与母亲的两根大辫子一起晃动。

栀子花是村庄的香水。收工时，路过繁茂的栀子花树，母亲会掰下一枝，带回家放在装满水的缸里。在我们那地儿，偌大的水缸是栀子花最好的容器，花沉浸其中四五天都是嫩黄的，像姑娘沐浴后的脸。

村里的女娃儿都爱栀子花淡淡的香气，姐和我也不例外，常用棉线穿起一朵藏在脖颈里，或者用夹针把黄色的花瓣别在头上和衣扣上，活像一只飞舞的蝴蝶。

姐那时的任务就是烧火。她正抓把麦壳丢进火心，噗噗地扯着风箱，火光把她和她的黄蝴蝶照得通红。

一团猪油在热锅里滑来晃去，姐贪婪地闻着，瞬间从花的世界进入人间烟火。油被锅逐渐融化，放一勺胡豆瓣，母亲麻利地翻炒，豆香四溢。加水，铁锅“砰”的一声，绽开的水雾把母亲和姐全部包裹。

地里的活儿多，乡亲们晚饭都吃得晚，所以叫消夜。村里的消夜都是吃面，一把藤藤菜，一撮盐面往油汤中一煮，沸腾后挑入碗中，舀汤，撒上葱花和盐，真真儿的人间美味。尤其是葱花的味道，特别浓郁。故乡的葱与别地不同，清幽、纤细，带着泥土的芳香。

母亲煮面，喜放菠菜、番茄、丝瓜、黄花相煮，她把四季的颜色都煮进碗里，把华蓥山的绿、小平故里的红、落日余晖的黄都煮了，煮出一锅的灿烂。

白昼的闷热渐渐散去。一张条凳摆在院里，面条端上，小弟跪在凳前，旁边躺着阿黄，它用毛茸茸的尾不停扫着小弟莲藕般的腿，传递着饥饿的信号。阿黄亦是我们家人，每天盼着我们放学，到村口接我们的就是它。

晚上七点，人饿，狗也饿。

小弟把面条举得高高的，他吃着上头，阿黄蹦跶着，抬头盯着面的下头。担心我们吃不饱，母亲把自个儿碗里的面夹出，一筷给姐，一筷给我，一筷给小弟和阿黄。

那一刻，我们忘记了漂浮在水缸里的栀子花，全然沉浸在母亲爱的味道里。

消夜后，胖墩儿来找小弟“打簸”。

游戏很简单，就是围着房子转圈圈，两人以上皆能玩。屋檐下，一人朝前，跑到墙的另一面，后面的人开始追击。他们把右手的大指和食指张开，绷直后模仿手枪，若前面的敌人跑慢了，被后面的游击队员看到身影，就可开枪，嘴里还高喊着“开枪”“射击”“簸（砰）簸（砰）簸（砰）”，被击中的人要佯装倒下，等下一轮再参加。小弟成功打中敌人后，朝食指尖潇洒一吹，像是要把出膛的弹烟吹散，他的快乐就那么简单。

月亮高挂在天空。

姐的家务还在继续。她将割回的一捆红薯藤倒在院里，拿出菜刀，开始剁猪草，“咚咚”的声音响彻夜空。剁猪草是力气活，和拉风箱一样，很费手劲。那时我小，总想帮忙砍猪草，怕我受伤母亲不让。再大一些我不想砍了，等着我的却是成堆的猪草。

大姐剁累了，或被那帮“打簸”的崽儿“啾啾”的声响吵烦了，偶尔也会皮一下。只见她扯掉头上的皮筋，摇乱头发，一声不吭地到拐角黑黢黢的地方立着，故意伸出舌头，头上的栀子花都被她的样子吓得脸色苍白，先前还威风凛凛的小崽也被吓得鬼哭狼嚎，四下逃窜。

熬稀饭是母亲的绝活，也是村里每个妇女的绝活。天气炎热，多数人家都是头晚熬一锅粥，装在盆里冷却，次日中午干活回来，几碗冷稀饭一喝，出奇地消暑。

母亲的菜稀饭品种很多，季节上的菜都可煮。红薯稀饭、蛋黄稀饭、南瓜稀饭、莴笋稀饭……

小时总吃稀饭觉得寡淡，如今却特别怀恋。

熬好稀饭，母亲提着麻好的新苞谷向磨坊走去。

我跟着母亲来到大院子。

表叔家的磨坊在院子东面。大院里很热闹，大人都在乘凉，小孩子有的跳绳，有的“修铁路”，有的趴在地上玩纸板。各家的煤油灯都灭了，四周黑黑的。

许是摸黑惯了，月下，我们的眼睛能看穿一切。

母亲推磨，我搭着凳子不停地往磨眼加料。我死死地盯着磨眼，不断地添加苞谷。母亲的双手推着日子使劲往前跑，推得一旁的栀子花树不停摇曳。母亲累了，我便往苞谷里加水，继续转动的磨盘，把母亲的青春和我的童年转得晕晕忽忽的。

嫩黄的苞谷粑（玉米浆）像极了栀子花，它顺着磨槽的嘴流进下方的另一只木桶里。我偶尔被旁边玩乐的孩子吸引，一分心就停了手中的活儿，母亲就会催促：“玲玲，接到舀。”

这时总会有那么几个孃孃，从近处的凉椅上起来，把我抱下凳子，帮我换换手。躲在磨盘下休息的空当，头上不时会传来这样的声音：“五妹，农忙季节你家兆堂都不回来呀，你一人带几个娃儿太苦了。”只听母亲说：“隔远了，来回车费又贵，他得挣钱还修房子的账呢。”

从小到大，我见父亲的次数屈指可数。印象最深的也是这么个月夜，打工回来的父亲听说我第二天要参加“六一儿童节”活动，为了让我乱蓬蓬的短发服帖、柔软，不那么乱，他学起了城里的理发师，用烧红的火钳给我烫发。可以想象，头发是软和了，第二天，我顶着一头煳味和焦黄走进了教室。虽说那天我成了班上的焦点，但内心还是被父亲的珍视感动。

苞谷粑推好，我收回了脱缰的思绪。

新苞谷粑甜甜的，有一种自然的清香，虽说和栀子花的香气不同，但我们几姊妹都很喜欢。每年这个时候，母亲都会烧一大锅水，沸腾后煮上刚摘的豇豆或四季豆，豆子半熟，便一勺一勺地把刚推的苞谷粑舀进锅里，然后微火慢煮。这时姐不用再拉风箱，右手可歇息一会儿。煮熟后舀在碗里，黄绿相搭，格外诱人。再配上一勺用菜籽油煎制的青椒末，吃来是甜中带辣、咸淡适宜。

想着明早又可以吃苞谷粑了，我不由得加快了脚步。

回到家，大姐正忙着煮猪草。鼎罐里的红薯叶咕嘟咕嘟地冒着，母亲舀了一瓢糠，再舀一瓢苞谷面，放在水中搅拌，觉得均匀黏稠了，就倒进鼎罐里，再用锅铲翻转，小火熬一会儿就熟了。母亲说，吃熟食的小猪，长大后猪肉又糯又嫩。

猪圈坐落在灶屋一角。

“啰……啰……啰啰啰”，母亲和姐一边倒着猪食，一边呼唤，猪崽们蜂拥而上，恰如饥饿中的我们，红红的眼中只有食物。你听，咚咚的吃食声，像一曲交响乐。

一天的活儿终于结束，我们身上都汗淋淋的。母亲找出干净的衣服，端着木盆，装上肥皂、皂角，带着我们来到村西的堰塘。

周围除了竹林外，还萦绕着栀子花的香气。

池水留有白日的余温。我迫不及待地脱掉衣服，溜进温暖的池水，洗去劳苦与忧伤，感受岁月静好。

酱　香

章乐飞

无来由地，喜欢上酱香型白酒。

晚餐一盏，二两足矣。酒不管优劣，但要是酱香型的。都说酱香型白酒有空杯留香的特点，那大概是高档酒所具有的特质了。高档酒价太高，一般嗜酒者哪里端得起？普通百姓，有酒就好。我常喝的大多是低档酱香型白酒，空杯留香没留意，抿一口酒入喉，回味再三，嘬唇啜舌能咀嚼到一种别致的独特的味道，一种麦子谷子的芳香。对，有点似早些年母亲用麦粉、蚕豆制作豆酱食材的味道，那种豆酱的芬芳。酱有酱香，酒有酱香，难道它们在我体内或者说在味蕾里有一种互通款曲之妙？

《说文》有语："酱：醢也。从肉从酉，酒以和酱也。"这里的酱当是食物，不是当作作料使用的。是酒、肉和盐在一起交合而成的一种美食，吃起来滋味很好。酱与酒搭配，或酱与酒组合，其历史渊源也早，他们俩算是同源同宗的兄弟了。

梅雨时节，老天时风时雨时阴时晴，忽热忽凉忽沉闷忽舒爽，人的肢体分外沉重。即使什么事都不做，也是一副慵懒状、倦怠状，似一块刚淋了雨的石头，怠滞而阴郁。手握拳头，能把空气挤出水来的天气，母亲却不抱怨，反而喜滋滋的。她说，这天气好，石头出水，一定能晒出好酱了。其意思是：这气候适宜于制作蚕豆酱的食材——豆酱粑。

麦子、蚕豆是新上市的。母亲将浸入清水里已有一个日夜的蚕豆捞起，剥掉其壳，曰：蚕豆米。将蚕豆米烀熟，烀烂，后把碾碎的麦粉倒入蚕豆米里掺和搅拌，在干湿适宜时捏成块状的粉疙瘩，美其名曰：豆酱粑。把豆酱粑一个个地置放到簸箕里，簸箕沿口放一根竹棍，将事先从山里砍来的黄荆条悬空着覆盖其上，只等这豆酱粑发霉生毫了。这阵势有点神秘或秘密，都是母亲一人操作，不需他人插手或多言的。豆酱粑变质变色滋生霉菌，乡语曰：上毫。

黄荆条是一种有特殊香味的植物，有桃肉的味道，卖桃师傅也把黄荆条放在稻箩里盖桃子。一直以为酱香的味道来自黄荆条的濡染，其实不然，它覆盖在上面只起通风透气遮蔽灰尘的作用。不过五六日，拂去荆条，簸箕里的豆酱粑像是铺上一层黄、白相染的毛茸茸的薄如蝉翼的“毫”。母亲笑眯眯乐呵呵的：这毫上得满，上得密，一钵鲜酱有望了。

毛茸茸的豆酱粑，有一缕淡淡的臭酸味混合着黄荆的桃肉味，或者说就是麦面、蚕豆腐烂的气息。所谓的“化腐朽为神奇”，大概就是这个样子。那黄色、白色、灰色的“毫”似泼洒在一张宣纸上，也像长在宣纸上，像一幅山水画——雾霭朦胧烟雨朦胧。

一个雨后的晴日，村庄里就多上一道亮眼的风景——酱钵。

母亲把簸箕搬到太阳底下，让毛茸茸的豆酱粑晒一个日头后才放进陶钵里，加一定比例的食盐、水，它的身份就变了，习惯上都称酱。不过，让它变成一钵鲜味可口的豆酱还要些时日的，需将它置放在院墙顶上，太阳底下经过九九八十一天的炙烤，乡语曰：晒酱。

晒谷子晒稻子，是太阳起山晒落山收。晒酱则不，它是白天晒，晚上接着晒。乡民说是晒星露。星露本是“下”，何故说“晒”？我问母亲，母亲摇摇手，说小孩子多嘴。父亲解释：让酱钵素面朝天，裸露于星辰月亮之下，等王母娘娘择时下凡在酱钵里哈上真气，酱才渐渐有酱味，有酱香。

王母娘娘下凡自然只是传说。“成汤作醢”“周公制酱”，这是有文字记载的。说酱乃周公所创当有一定道理。周公能助武王灭商，何以不能帮助百姓制酱。成汤作醢：其过程是将新鲜的肉研碎，用酿酒的曲搅拌均匀，装进容器用泥封口，放在太阳下晒两个七天，酒曲的气味挥发后即可食用。不过，这里的“酱”和“醢”与母亲制作的酱，肯定不在一个等级上，是相差十万八千里的。

《齐民要术》中有制作豆酱的方法：用春种乌豆……于大甑中燥蒸之。气馏半日许……十日后，每日辄一搅，三十日止。雨即盖瓮，无令水入，水入则生虫。每经雨后，辄须一搅。解后二十日堪食；然要百日始熟耳。这方法与母亲制作的豆酱有点相似，在注重和讲究“晒酱”的同时，切记不能淋雨。

晒酱是家家户户的事，是各家主妇不约而同又是相互吆喝的举动。每一户人家都要晒两钵酱，人口多的有三四钵。有院墙的，将酱钵放在院墙上。左右隔壁羡慕其高，有日头，也将酱钵置于其上；有的将三根胳膊粗的木棍斜埋在空旷处，木棍在两米高处相交构成一个三角形，把酱钵放在三角形顶点上。酱钵有大有小，有多有少，一个挨着一个，犹如老僧打坐，静静地享受着阳光的沐浴洗礼。

酱钵要细心呵护。清晨，家庭主妇第一件事就是搬梯子或叠凳子爬到酱钵旁，把酱面上的树叶、鸟雀羽毛，还有一不小心跌进去的昆虫，轻轻巧巧拣出；后用酱棍（多是竹片，尺把长，大拇指宽）用力搅拌，使上下糊状液体互换位置，轮番得到阳光的照射。酱要翻动，就像呵护婴儿要翻身一样。炎炎烈日下，酱晒得滚热的时候是不能搅动的。假若翻动过几次，酱味会变酸。酱在日头下，通体滚烫，热气在酱液内运行涌动，亦如“火气”正盛的暴脾气，是不能轻易挑逗的。

梅香来自酷寒，酱香源自盛夏的烈日。

酱钵置日头下，七八天后就有淡淡的香味溢出。在印象里，又似五月的栀子花味。那是一种谷物的味道，一种菜蔬的味道，一种瓜果的味道，一种草木的味道。

酱有味道了，所有的生灵都趋之若鹜。

麻雀最先知道，它不藏着掖着。一只麻雀蹲在酱钵沿口上，叽叽喳喳地嘀咕着说个不停，随即就招引来三五个狐朋狗友，一番喧喧嚷嚷吵吵闹闹后才转过身子一齐飞去，有时还留下一两截白丁香在酱钵内甚是醒目惹眼。

蜻蜓举止很文雅。它在酱钵上空慢悠悠地扇动着翅膀，小心而轻盈地落在酱钵沿口上。它知道这是吃食，不能玷污它的纯洁；蝴蝶来串门时，蜻蜓扑打着翅膀撵它走，说它身子上的粉末不能落到酱钵里。

鹁鸪也来，是偶尔来。它落在酱钵沿口上，不急不慢地“咕咕——咕咕——”地叫唤起来。大叔大婶们听到鹁鸪的叫声，会走到门口伸头向天空望望，向酱钵望望。鹁鸪是来下通知的，天要下雨了，要盖酱钵了。

童蒙时乡下日子分外清苦，喜悦与满足却也容易得到。

毛孩子们闻到酱香的味道，饥饿的馋虫就在喉管里蠕动，一身经络就相互拉扯。翕动鼻翼的，嘬咂嘴唇的。惹事的多是村子里的二狗子和黄毛头，那时，他们俩就懂得“联手作案”的窍门了。只要二狗子眨巴着骨碌碌的眼珠子，瞄准了一个酱钵；在村口望风的黄毛头，就发出信号：“二狗子，快呀！快……”只见二狗子像灵猴，“噌噌”地越墙上树就蹿到了酱钵边。酱，手到擒来。

我和弟弟当是“监守自盗”了。多是在半下昼，肚子咕咕叫时，将实木大椅子搬到院墙拐角处，架凳，再凳上架凳。我用食指在酱面戳个小窟窿，食指上就染了酱，再将食指伸入嘴巴，那滋味，是恨不得把手指也吞进肚里。有时舀一勺子酱当菜，与弟弟举杯共饮。酱很咸，食不可过量。我们像大人喝酒一样，用食指蘸点酱入口，再端碗喝口水。如此反复，肚皮贴脊椎骨的瘪肚子鼓起来了。为了防备母亲，我们把酱钵壁上硬点的酱渣刮下放到酱面小窟窿上，日头一晒，就还原成一个样子。不过，细细瞧，能看出一点动过的痕迹。

“那个小狗货哟，把我酱又挖了个大窟窿。”

“哎哟，这个害牙鬼，我酱钵里也戳了个洞。”

…………

清早，这是家庭主妇发现酱钵里有点异样时而发出的不温不火的喧骂。虽面有愠色，其语气里蕴含着的是不尽的心疼与怜惜。那时物质匮乏，能吃的食物更是稀少，哪家不是勒紧裤带过日子。毛孩子更是一门心思在吃上，水里的藕带子、刺头果子（芡实），地里的山芋、六谷子都是口福之美食。一钵酱在荒凉贫困的村庄里散发出谷物的味道，怎不招惹饥肠辘辘的馋鬼。但这酱不能当饭吃，尝点就“咸得齁人”。但有一点尝尝，那谷质的温馨就充盈胃囊，令人喜不自禁。村庄在弥漫着人间烟火的喧闹中醒来，睡眼惺忪的好吃鬼倚门张望，“偷吃”者还若无其事地抄起屋檐下的一根竹竿向在树枝上觊觎酱钵的麻雀扑打过去。

野菊盛开，霜露渐生，是酱成熟的时节。酱由稀渐稠，渐厚，再变紫，变黑。酱的表面结成如薄冰一般的硬硬的壳，乌黑而有光泽。月亮和星星闻到香味了，它们看酱钵里有自己的影子，嘻嘻哈哈地在上面打个滚，伸个懒腰，才慢腾腾地离去；晨雾慢条斯理地让酱棍绊了一下，湿漉漉地匍匐在酱面上；露珠也是闻香则醉，一副急不可耐的馋相，慌不择路就掉到酱钵里了。一钵酱的脉络里蕴含着阳光的温度，涂抹着月亮的气色，缠绕着星星的气息，那是入了仙境的至臻至美。母亲把钵内的豆酱装入小口的陶罐里，此谓：酱罐。酱罐盖好后用布封口扎紧，收藏在厨房的一角。每餐炒菜用酱，是碗装着的，称酱碗。酱碗酱罐，如一盆花，在一栋茅草屋里散发弥漫着浓郁的谷物馨香。

酱罐里有一罐的宝贝，藏着母亲无尽的秘密。酱生姜，又称腌生姜。将生姜洗净，刮皮，放在太阳底下晒两天后置于酱罐里。一块或几块生姜淹没在酱里，如月亮落入池塘静止沉寂，生姜就这么享受豆酱的浸润濡染。当家里贵客来临，母亲将生姜撕成丝状放入盘中。那是满屋子的酱香味、姜香味。这味道混合着亲情友情，把人世间生活中的至真至美的味道烘托到极致。这是我在初为人父的年龄方有的体会。

在食品紧缺、日常生活用品紧俏的乡下，有一钵豆酱，日子就生色生香了。我们这一代人似乎就是在这酱罐里发芽生根，蓬勃长大的。胃囊里有豆酱的基因，味蕾里有豆酱的芳香。如今，躯体里每一根毛细血管似乎对酱香有一种独特的心灵感应。

母亲那一辈人都已老去，大多已经作古。回老家再也见不到这样的酱钵，闻不到豆酱的香味了。超市里有酱类橱窗一隅，琳琅满目：玫瑰酱、山楂酱、芝麻酱、草莓酱、香菇酱、番茄酱、辣椒酱、黄豆酱、牛肉酱。但这些酱除了一个好听的名称之外就是一个“辣”味。辣，不是一种味道，是一种痛觉，一种疼痛伤痛的感触感觉。

夜幕落下，一盏在手，是“葡萄美酒夜光杯”的欢悦喜庆。有一种玉液进入喉咙，又有一种酱香留存在味蕾。酱香型白酒，真好。它不仅仅是麦子谷子甜蜜的滋味，还有温饱温暖温馨的真切，是在母亲怀抱里打滚撒娇的美满。

1980年的瓜果梨桃

王海滨

那时的每年初夏，我都会热切期盼“桃哥哥”的到来。

桃哥哥是母亲教过的一个学生，家在乡政府驻地的那个村子，他少年时期曾跟随母亲学习，不忘师恩，每年都会在这个时节来看望母亲，来时必定会带来一兜桃子，是那种白皮粉红嘴的水蜜桃哎，仅仅闻一闻都会让人陶醉的啊。于是，久而久之，我都忘记了他的姓名，而只形象地喊他“桃哥哥”。每天，在村口玩耍嬉戏，我都会有意识地翘首张望，一旦远远地望见他的身影出现在通向乡政府驻地的土路上，无论玩得多么开心，也会立刻丢下伙伴，高兴地大喊着“桃哥哥来了，桃哥哥来了”跑回家去报信——更确切地说，是回家等着吃那桃子。

他带来的桃子是多么美味啊！那种甜丝丝的香，弥漫了整个的童年记忆。

可能就是因为桃哥哥所带桃子的诱惑，让我们特别想拥有一株自己的桃树。

愿望在1980年的阳春终于实现。

这天黄昏，姐姐们放学回到家，各自掰了一块馒头嚼在嘴里，兴高采烈地结伴去地里挖野菜，孰料途中却和邻居家的一位小姐姐发生了争执，争得面红耳赤。起因是因为一株桃树苗——桃树苗怎么会长在野外？不知道。记忆中，桃树苗杏树苗梨树苗都是长在野外的。三姐认定是自己先看见了那株小苗，而邻居家的小姐姐则一口咬定是她先看见的，两人互不相让，都要把桃树苗挖回自己家去。很快，我的大姐二姐也参与其中，唇枪舌剑一番，致使势单力薄的邻居家的小姐姐失去了桃树苗的或有权。三姐兴冲冲地挖出了那株小桃树苗，小心翼翼地装在筐里——为了更大成活率，挖了树苗四周筐口大小的土。为了让小桃树苗更快地“入土为安”，大姐准许三姐立刻打道回府。三姐就背着大半筐土吭哧吭哧地回到家中，兴冲冲地把小桃树苗移栽到了东院墙根下，然后跑到屋里和外祖母汇报喜讯。外祖母正俯身端详炕头上一只老母鸡和它身下那窝鸡蛋，盘算着小鸡雏们还有几天会破壳而出，听完立刻轻声呵斥三姐：

“赶紧挖出来种到外面去。”

三姐脸上的欣喜僵硬了，问为什么。外祖母没心思解释，但态度很坚决：

“谁家里种桃树啊?！”

那株小桃树苗最终又被挖出来，移栽到了院外的自家猪圈旁，迎风接雨地渐渐长起来，歪歪斜斜地横亘在猪圈半空，春来绽放一树灿烂，却长不出桃子——长出桃子是在我离开村子以后的事儿了，听说是毛桃，并不好吃。

那时，好像村子里真的没有几株果树。

哦，村后倒是有一株老桑树，年年挂果累累。是白桑葚，每一粒都有小手指头肚大小，周身布满小黑点，那种特有的甜香弥漫整个村庄。那是满囤叔家的，听说是他的曾祖父种下的，已历经近百年风雨。满囤叔虽然有这么诱人的名字，院子里的粮囤却一年四季总是空着，顶多会搁置几口袋地瓜干。他的四个儿子分别叫大柱、二柱、三柱和四柱，一个个虎头虎脑，能吃能睡，让满囤叔愁得牙花子总疼。他牙花子一疼，就让满囤婶子用两个鸡蛋去货郎老豆的摊子上换包糖精：

“孩儿他爹说，糖精治牙疼！管用！”

每年满囤叔一家都等着桑树结果。结了果子可以果腹，还可以拿到集上卖点钱，然后用那点钱买回一片肥瘦相间的肉或油盐酱醋茶等生活必需品。所以，他们家把桑葚看得很严密，每年桑葚挂果时节，四个“柱”轮流把守着桑葚树，以防止树上的果子被偷摘。

但是，树上的桑葚果太诱人了，何况，村里每家每户几乎都和满囤叔家一样，家家没有余粮，户户都吃粗粮，人口多的几户人家常年靠地瓜干度日，所以，我们这些小孩子每每到这个时候都觊觎着那一树果子。

那不单单是一枚枚桑葚果啊！

于是，我们就想方设法去偷摘桑葚，曾经有个小伙伴往树上投掷砖头，结果砸破了站在另一侧一个孩子的脑门，血流满面。吓得我们几个如惊弓之鸟，不敢再捡拾桑葚，急急四散而去。

记得，那天黄昏，彩霞在天，神情倦怠的满囤婶子用一只碗口有残缺的青花大海碗端着满满的桑葚走进我家：

“给孩子尝尝鲜，可别再做惹祸的傻事了。”

把桑葚倒在我们家一个簸箩里，转身就走了，她说还要给村里其他几个孩子家也送点去。

好像，从那以后我们没有再结帮搭伙地去偷摘桑葚。

再过几天就是1980年的春节了。村口合作社的大刘叔叔到县城进年货，在化肥厂工作的父亲托他给家中带回来四五斤猪腿肉、二斤水果糖以及十挂桃花满地红鞭炮，撂下这些东西，大刘叔叔特意神神秘秘地叮嘱我说：

“你爸爸年三十回来，让你好好帮家里干活。说会给你带水果呢。”

水果？

过年能吃到肉能吃到糖能放鞭炮，这些已经让我幸福得眩晕了，还能再吃到水果?！这一年里，除去桃哥哥给我带的桃子，除去满囤家的桑葚，真的没有见过其他水果——父亲在县化肥厂上班，月薪三十二块六毛四，母亲在本村小学当老师，月薪二十七块八毛九，这六十块五毛三是全家七口人一个月的所有经济收入，支撑着吃穿用度和迎来送往，哪有闲钱买什么水果——我们家是非农业人口，在村里还算是经济条件好一点的，街坊四邻几乎都是农业人口，更甭提什么瓜果梨桃。

我眼珠子再次一亮，心花更加怒放。在心里默念着大年三十快快到来。为了顺顺利利地从父亲手中拿到那还不知是什么的水果，在接下来的几天里，我无比勤快，主动帮家人洒扫庭除、烧火打灶、喂猪喂羊，着实好好表现了一番，外祖母和母亲看在眼里，不住嘴地夸奖我，姐姐们却心知肚明地流露出一脸不屑，这根本影响不了我的好心情，反而让我认为她们都很虚伪，明明也很想吃到水果，却非要装出不在乎的表情。

有本事到时候别吃！

我对她们挤眉弄眼地奚落着。

晚上，倒在被窝里，我翻过来覆过去地猜测父亲将要带回来的到底是什么水果，都舍不得让大老刘捎带，非要亲自带回来，那一定很金贵，是什么呢？我把能想到的瓜果梨桃逐一猜想，咽着口水进入梦乡。

终于，大年三十到了。草草吃过早饭，我就顶着寒风跑到村口，翘首以盼，望眼欲穿。好在很快就看见了父亲的身影，他骑着那辆大金鹿自行车，逶迤而来——他一定是大清早就从厂里往家赶的。

等到了家中，父亲递给母亲一个书包：

“很新鲜的，给孩子们。”

我眼巴巴地凑到母亲跟前，看着她打开书包，里面是几颗饱满圆润的，西红柿。

江南的雪，静静落在我的心上

冷　江

南方少冰雪。因为少，故而显得珍贵。

多年未能回故乡了，记忆中的冰雪，就像儿时的冰棍，含在嘴里不忍融化。

最早的冰雪总在蜡梅花开时来临。母亲拖着疲惫的身体从田地里扛着一捆厚厚的稻草回家，她将那些金黄的被稻谷抛弃的干草一把一把垫进老屋院子东南角的猪栏。母亲说，入冬了，该下雪了，给小猪们添床被子。来年小猪们长大了，好有肉给娃们吃。

雪季来临前，在故乡的语境里，总有一层食物的香味在勾引孩子们的馋虫。江南人常说下雨天是留客天，其实，下雪天也是留客天。留客不单是闲坐厅堂，清茶一杯天南海北地畅聊，女人们在厨房里总要准备一些平日不常吃的食物来款待客人，男人们则少不了小酌助兴，这才是江南人的待客之道。

古人喜欢雪夜小饮，尤以乐天居士白居易为最。故乡的雪天，不一定要有白居易的“绿蚁新醅酒”和“红泥小火炉”，但若“晚来天欲雪”，却正可“能饮一杯无”！

雪天不一定都是大雪纷纷，江南人说的广义的雪天，也包含了捂雪天、下雪天和化雪天。

捂雪天里，天总是阴沉沉的，孩子们第一个想到的是早点放学，好回家吃烤红薯。家乡的地里出一种甜度很高的红薯，小时候跟母亲下地，最喜欢从松松的咧着缝隙的土坷垃里连藤带叶地拔出这种甜红薯，在袖子上来回擦两下，张嘴就咬，那股甜甜的汁液顺着嘴角流入口腔，那时候觉得世上最好的水果莫过于此了。这种甜红薯若是放在炉子里或者灶膛里借着滚烫的残火余烬去烤上半个时辰，一股温暖的甜甜的红薯特有的气味渐渐弥漫开来，溢满了整个老屋的厅堂，大人和孩子们都兴奋起来，大雪来临前略显压抑的空气由此注入了一丝莫名的期待。

捂雪天里，大人们也因此减少了外出劳作。江南人珍惜季节交替带给人们的难得的天伦之乐。

等到雪真的落下来，无论大人还是孩子，都围坐在屋子里，脸上都荡漾着春天般的欢笑，欣喜地注视着屋檐之外飘扬的雪花。大人总要说，落雪了，大雪兆丰年啊。孩子们则更期待着堆雪人打雪仗。其实，江南的雪，难得下得很大。有些人一辈子也没见过北方那种“千里冰封，万里雪飘”和“十丈黄尘千尺雪”的壮阔景象，更多时候，是“竹树无声或有声，霏霏漠漠散还凝”。

雨雪纷纷是江南雪天的常态。雨夹着雪，雪借着雨，一起携手降临人间。雨雪落到地上，雪很快就化作了水，汇成小溪流，欢快地在大地上奔走。分不清，哪是雨，哪是雪。

有时，风停雨住，偶有飞絮状的雪花飘落，下着下着，地上结起一层薄薄的雪被，远处的山林罩上洁白的披风，天与地，此刻因了雪花，而融于一体了。

即便雪花还在静静地不紧不慢地往下落着，孩子们却早已闲不住了，三三两两，拿着一块长长的竹片和两根细长的棍子出来，一只脚踏在竹片上，另一只脚踩在雪地上，两手一左一右各撑着一根木棍，开始在雪地上滑翔。这种自产的滑雪设备，虽然粗犷和原始，但带给孩子们的欢乐丝毫不亚于城市里冰雪场上那些正规装备。

江南的雨天，常常三天五天连着下，绵绵不绝。江南的雪天却难得有这样绵长的景象。张岱先生说西湖曾有“大雪三日，湖中人鸟声俱绝”。我问父亲母亲，却都说自小而大没见过这样连下三天的大雪。大多时候，捂雪一天，雨夹雪一天，第三日就雪后初霁了。

雪后常常伴着冰，湖水里结冰不稀奇，屋檐上冰挂子和厨房里水缸结冰，对于童年的我来说，却是难得一见的稀罕事。父亲摘下屋檐上悬垂而下的长长的冰挂子，笑着交到我的手上说，这可是天然的冰棍，你试试，可甜着呢。我小心翼翼地握着冰挂子，像是现在的孩子们手上握着一根长长的冰糖葫芦，嘴凑过去，伸出舌尖，快速地舔一下冰挂子，冰凉的感觉瞬间从头到脚袭遍了全身。水缸里的冰，结了一层超薄的表面，手顺着水缸的缸壁轻轻抄下去，能抓起一大片薄冰，像是后来我所见到的山东周村的烧饼，薄薄的，脆脆的，小心放入嘴里慢慢含着，还有一丝淡淡的冰甜味。母亲有时也小心翼翼地将一大片薄冰直接放进滚烫的锅里，冒着热气，冰很快就化了，与锅里原有的水融合了。父亲说，冰水泡茶茶更香；母亲说，冰水煮饭饭更甜。这都是冰雪天带给江南人最好的慰藉。

我常常想，江南人骨髓里那份天然的雅韵，是不是恰恰来自冰雪，它带给了人们血液里和心灵上最深的记忆。无论天涯海角走多远，无论岁月沧桑如何变幻，这股子江南人独有的优雅和清奇的气韵似乎已经刻在了每一个人生命的年轮里。

雪后还有一样欢乐等着童年的我们。那就是找院子里或菜园里一块较空旷的角落，在地上撒一些谷子，拿一根小木棍用一根长长的细绳系着，小木棍支起一个筛子，筛子半边着地，正好放在谷子的上方，孩子们手牵着绳子的一端躲开五六米外，等鸟雀们飞来吃谷子，迅疾一拽手上的绳子，小棍子随之突然一撤，上面的筛子因缺了支撑，猛地落下来，正好罩着还没来得及飞走的鸟雀。鸟雀们在筛子里扑腾，孩子们在一边拍着手笑着跳着，将屋檐上的残雪震得纷纷落下。雪后清澈如镜的天空映射出一层人鸟相戏的动影。

雪天，万山皆白，唯有松竹愈显坚毅。陈老总当年困守江南梅岭，遂有《梅岭三章》传世。1960年冬夜大雪，当其时，国内遭遇严重困难，国外又逢苏联背信弃义，陈老总再忆及梅岭脱困，长夜不寐。起坐写小诗12题19首，其中，尤以《青松》最为著名。“大雪压青松，青松挺且直。要知松高洁，待到雪化时。”道尽了江南雪后松竹傲雪的盛景，更抒发了诗人不畏艰难、愈挫愈坚的坚毅品格。

除了松竹，江南的梅，在雪季开放，年里有蜡梅，年后有春梅。苏轼在江南做官多年，对“梅花雪里春”印象深刻。李清照南渡后，“年年雪里，常插梅花醉”。小时候，还记得家乡的山林旷野常常有野生梅花，在雪后一夜之间“千树万树梅花开”，那份凌寒不惧、清奇暗香的气韵，多少年了，至今在北方的春寒料峭中忆来，仍不免心头一荡。总说梅雪争春，其实那哪是争啊，分明是迎嘛。来北方生活近三十度春秋了，茫茫雪天，一片苍茫，而两千多里外，故乡的梅花雪，此刻必是与春风同醉了吧——

日间，恰逢母亲打来电话，问北京是不是依然酷寒，一再嘱咐多穿衣保暖。母亲说，今年江南普降大雪，天气清冷，料这场雪后，天气转暖，大地很快回春。说起来惭愧，因疫情，已经三年没有回老家与母亲共度春节了。年前又赶上诸事缠身，竟然连一个电话都未能主动打给母亲。如今，年逾七十的老母亲主动打来，言语之中没有丝毫责备，关山迢迢，却句句都是对儿子的挂念。看来，世间气象与人心之间真的是有一种天地感应。

江南的雪，静静落在我的心上。

晚熟的枇杷

黄清水

第一次跟随父亲进山，是寒冬腊月。这个时候我家的枇杷还没有熟，一颗颗像深绿的翡翠挂在树上，远远看去看不出枇杷的形状，等到指甲盖大小的时候，父亲就准备雇人上山去包裹枇杷，这是一项任重道远的工序，但缺少了这项工序，一年的辛苦就白费了。山上有很多“馋嘴鸟”，比如灰背椋鸟、红耳鹎等等，将枇杷包裹起来就是防这些鸟的袭扰。

鸟儿为什么喜欢吃酸？

这个问题使我百思不得其解。等到成年后，每逢冬至前一夜，母亲都要搓一些客鸟丸，撒落在屋顶上，供路过的鸟儿吃食。每每这个时候，她都要重复一遍说：“冬季食物匮乏，鸟儿常常没什么吃的。”我才明白为什么酸涩未熟的枇杷也会有鸟儿去啄着吃。

枇杷是上果。《本草纲目》记载了枇杷叶的功效和作用，生津、润肺、下气、止吐逆。在我的家乡，但凡家里有小孩咳嗽不止，大人照例是会去采摘几片枇杷叶，将叶子背面的细茸毛洗净，混合着桑叶和冬瓜条煎熬汤汁，或者去药店买上点川贝加入。这个效果也是极佳。到了枇杷上市以后，那些歪瓜裂枣般的枇杷，碰伤的、品相不好的或者经霜后裂开的枇杷，就会成为制作枇杷膏的原材料。家里的老人和小孩自然是制作枇杷膏的主力军，一箩筐一箩筐地搬过来，由他们剥开枇杷皮，去核，把剥好的枇杷肉浸入到一桶清水中，备用。等到太阳落下山，这些枇杷也就剥好了，一桶一桶摆放着，下锅。用小火慢慢熬制，不停地搅拌枇杷肉，使之化成浓郁的黄褐色的黏稠状液体。当然，每户人家都会根据家人的口味加入冰糖，或者蜂蜜。近些年，一些年轻人推陈出新，开始在枇杷膏里加入川贝……

我家自然是会制作枇杷膏的，熬制好的枇杷膏，用玻璃罐储存，置于阴凉处，可以久放，一年、两年、三年，最佳，治疗咳嗽也会事半功倍。现在，每当我在市面上看见一些老人贩卖枇杷膏，我都会稍微留意一下它的色泽，看来看去，总觉得差了点什么，说不上来。

那时父亲在鞋厂当炊事员，枇杷采摘季时，他总是会和母亲争吵，母亲劝他扔掉枇杷山，不要再去管，父亲是倔脾气，不听，扔下食堂给母亲，一来一去就是一天，然后带回两大箩筐的枇杷，母亲看见这两箩筐枇杷就生气，父亲不管，逢人就说下午要制作枇杷膏，鞋厂里的姑娘和妇女们一听，顺口嘱咐要分一瓶。尽管母亲生气，但剥枇杷皮还是落在我们几个身上，剥着剥着，研究怎么剥才快一些，竟不觉看见了母亲久违的笑意。父亲就知道她不生气了，洗净锅，准备开始熬制枇杷膏。一担的枇杷，可能收不到十来斤，去皮和去核，再在锅里熬制几个小时的时间，剩下的就是枇杷的精华。

偶尔父亲还会从山里带回一些枇杷罐头。那时小卖部有售卖枇杷罐头，一瓶两块五，打开来吃，枇杷的酸味混合着甜味，入口即化的枇杷果肉，顺着汤汁下喉，是当时夏天的标配。在我家还没承包枇杷山时，父亲每次都会从小卖部买枇杷罐头回来给我吃，后来不知母亲从哪里听说了枇杷罐头是添加了大量的糖精，而不是用冰糖时，她才制止了父亲。枇杷分品种，大致用来做枇杷罐头的都是选用“解放钟”，“早钟6号”和“白梨”没有人舍得。对于果农来说，“早钟6号”是比较吃香，赶在年后就可以陆续上市销售，这个时段的价位，一般是出手阔绰并爱尝鲜的人会去买，一般人家不舍得吃。买的人中，一部分人吃的是身份，一部分人用来送礼，还有少部分回乡的华侨想念家乡风味。“白梨”自是不用多说，稀缺物，产量少，基本没有专业户专门漫山遍野种这个，几乎每家都只有那么十几二十棵，所以物以稀为贵，“白梨”自然受到人追捧，因其外皮酷似梨子，也就被称为“白梨”。

父亲每次上山，就会采摘一些白梨回家，不卖，自己家吃。记得有一年，父亲采摘了十几担，“白梨”才十几斤，这些“白梨”个大皮薄味甜。一个水果贩子来我家，正好看到了这一篮子“白梨”，两眼放光，软磨硬泡地说服母亲卖给她，她还编出了一个顾客吃枇杷只吃“白梨”的幌子，所以，只要一遇见“白梨”必定入手，之后再转手给那个顾客。母亲觉得好笑，但相信有这样的人，忽略了我的存在，满口答应了那个贩子。等她走后，母亲看见了我愁眉苦脸的样子，顿时觉得对不起我，一番安慰之后，许诺过两天又会采摘“白梨”给我，我才罢休。现在想来，实在可笑，那时家里一穷二白，好吃好喝的，都先紧着我吃。一斤“白梨”的价格顶得上三五斤“解放钟”，我要是聪明懂事，应该一颗都不要吃。

枇杷的年景并不是很好，父亲承包的第三年，枇杷价格全面缩水，早上市的可以卖到两块多三块，本地市场卖不动，父亲也着急，就想着运送到外地去。到了三明的水果贩卖市场，早春天气还很冷，父亲穿着一套陈旧的西装，挎着一个黑色的包包，大冷天地坐在那里，等水果贩子过来问价拿货，坐了大半天卖出去一大半，父亲正庆幸早卖完就早回家。到了快中午的时候，来了一个大主顾，他先是问价，然后还价，价格都商量好了之后，他叫人来拉货，剩下的全装上了车运走，钱也给了。可是在父亲数钱的时候，顿时就觉得困顿难忍，想睡觉。于是就在卖水果的地方睡了一觉，醒来后，发现那个黑色的包包丢了。这一趟血本无归，连父亲自己口袋里的钱也全部被掏空了。狼狈的父亲回到家中不敢和母亲说，但终究纸还是包不住火，他们两人再次大吵了一架。我躲在房间里面，看着家里硝烟弥漫，父亲本身受了委屈，开始拼命抽烟，他的咳嗽声也是此起彼伏。

如果在山上被水果商收购，价钱会比市场的便宜五毛到一块，甚至更多。那时枇杷最好的价格才走到三块多，这么一压价，基本一年白干。刨去锄草、施肥、择花、包裹，再请人采摘和运输，基本上赚不到钱；加上产量不高，品相不好，就只能赔钱。这也是母亲在枇杷低价后劝父亲扔掉枇杷山的原因之一。父亲不放手，他觉得种枇杷和养孩子是一样的，孩子再不好，也不应该不管不顾。但这套大道理他没和母亲说，我们这样贫穷的家庭，没有什么道理可讲。

后来父亲一直受挫，就没有像最初的两三年那样有干劲，连年的亏本，使得父亲和母亲的关系一度很紧张。后面的几年，那时我已经上初中了，父亲还是每年会上山，带枇杷回家分给亲戚朋友吃，有时是将枇杷熬制成枇杷膏，有时是做成罐头，不知他们从哪里学会了做枇杷罐头，家里莫名就多了很多消过毒的玻璃瓶，说是消毒，就是烧开水煮一下。再后来的几年，他每年都会酿造百来斤枇杷酒带回家。

枇杷酒味甜，入口甘洌，不似葡萄酒或其他的水果酒味冲。连不会喝酒的父亲，每次都能喝上一小碗。但他知道这是酒，不多喝，每次临睡前喝一小碗。有一次我尝了一口，觉得这不就是饮料嘛，于是趁着夜里，也用小碗舀了一小碗，一口饮下，觉得不畅快，就又舀了一小碗，仍旧是一饮而尽，那感觉简直太好了。我抹了抹嘴巴，将酒缸盖好，就摸黑上楼睡去了。到了半夜，可能是酒精发作，竟将我从床上拉起来，我癫癫狂狂赶去厕所吐得一干二净，吐完，脑子仍旧清醒，四肢开始不受控制。父亲听见了我呕吐的声音，闻到卫生间都是酒味，就知道我偷喝了枇杷酒。他没有责骂，轻拍着我的背，尽量让我吐干净后，扶着我上床睡去。次日一早，他见我，就只是笑笑，我就明白我是大人了。

脑中突然闪现父亲的第一次邀请，他说："想不想上山去玩？"年少轻狂的我太想要出门了，于是拼命点头。翌日一早，天还未亮，父亲就将我从床上拉起，给我穿上厚厚的衣服，出门去。我坐在他的摩托车后座，他拧紧油门，凌厉的风就呼呼刮来，穿透我厚厚的衣服直钻进我的身体里。我抱紧父亲的腰，把头埋在他粗粝的衣背上，感觉到跳动的暖。

那年，我正好十一岁。

乡愁是何滋味在我心中还未成熟。但我知道自己要像一个王一样去视察父亲的枇杷山。

开学第一天

康玉琨

1

天刚蒙蒙亮的时候，听到窗外鸟儿的鸣叫声，我就醒来了，然后在旅社的床上翻来覆去再也睡不着。父亲见状就说：“那就干脆起床吧。”原来父亲也醒着。

这是我上省城读师大开学报到的日子，时间是1980年10月9日，我记得很清楚。因为上省城的班车只有上午七点半这一趟，我们昨天就坐了三个多小时的拖拉机到了县城，而开拖拉机的表哥当天就回去了。

这个旅社是林业局开办的，地点就在林业局内，位置极佳，距离车站只有几百米。一个房间三张床，每人每床一个晚上五角钱。不过，据说必须出具录取通知书或者学生证才能入住，反正我们办理入住手续时是提供了录取通知书，经办的人还连说：“当老师好，当老师好。”

我和父亲还没七点就到了汽车站。这是我第一次到这儿来，车站不大，但人还真多，声音嘈杂，我甚至分不清东西南北。好在大喇叭的声音具有压倒性优势，它不停地播放着班次、车号等信息。我们就坐在长条椅子上耐心等待着，看着男男女女的乘客提着大包小包陆陆续续地进站出站，登上停在车站后面开阔场地上的班车驶向远方。

我们这一趟班车终于启动，鸣着喇叭，缓缓驶离车站。我有些兴奋，也有些不舍，当我把头伸出车窗，再次挥手向父亲告别的时候，竟然有些心酸，眼睛有些模糊。一直到再也看不到父亲的身影，我才转过身，坐在座位上，看着路旁的风景。

2

班车在坑坑洼洼的公路上颠簸着前行，有的路段弯多路窄，路旁就是悬崖，司机开得小心翼翼，我们也跟着提心吊胆。有一次两车相遇，路面顶多也就两车道，我们这一辆车正好在公路外侧，车轮压到了一个碗口大的石头，石头掉到深不见底的山沟，好久才发出沉闷的响声。窗口旁的一位中年女乘客看到了这一幕，不禁惊呼：“天啊，可别掉下去！”女售票员则回了一句：“乌鸦嘴。”一副司空见惯、镇定自若的样子。

中午时分，班车停在了一座单层的独立建筑前面，旁边是种着地瓜的农田，并无别的建筑物。女售票员朝大家喊道：“吃午饭啦，快点，时间半个小时。”乘客们闻言纷纷下车，朝饭馆蜂拥而去。我还没看清饭馆的招牌，便随着人流进了饭馆。饭馆规模不大，里面已有不少顾客，又一下子挤进几十个人，就显得摩肩接踵、人声鼎沸。我排在一个稍短的队伍后面，一步步往前挪动着位置。

轮到我站在窗口前的时候，戴着白帽子的师傅照例问：“吃什么？”我看里面饭菜的品种好像不少，匆忙间竟不知道吃什么、怎么点，就照着前面那位的说法：“米粉一碗。”师傅很快端给我一碗热气腾腾的米粉说：“一块钱。”我付完钱，小心翼翼地接过来，犹如完成重要任务一般。

其实，这是一碗米粉汤，加了几根青菜和几粒海蛎干而已。而米粉的形状匀细如丝，则是我见所未见。感觉味道还不错，就是量少了点。

三下五除二吃完午饭，又回到车上，任凭班车朝前开去。这时，许多乘客趴在前面的靠背上打盹，我却睡意全无，颇有兴致地看着两旁的风景，观察着外面的世界。

3

下午三点多，我们到达省城汽车站。这个车站比县城的大多了，我甚至有些心慌，担心迷失了方向。随着人流走出车站，很快发现师大新生接待站的牌子，我扛着木箱，提着行李，快步向那儿走去。大概是凑齐了一车的人数吧，我们在接站师兄师姐的指引下，登上客车，向师大进发。

客车停在一幢四层的楼房前面，我肩扛手提行李来到一楼大厅，稍微休息一下。突然听到有人大声喊着我的名字，我刚应答一声，就有一个壮实的男生站在我的面前，个子比我还高，在1.75米以上。他自我介绍说名叫王然，是中文系1979级的学兄，也是早我一届的高中校友。我问他："我们没见过面，你怎么认得我？"他指着我的箱子上写着名字的纸条说："那不写着了吗？"又拍着我的肩膀说："高中的时候，我就听说过你的名字。"

王然边说边扛起我的箱子，我赶忙提着行李跟在他的后面。他告诉我停车的这幢楼是政教系的学生宿舍，中文系和数学系的学生宿舍正在筹建之中，目前，我们班的男生暂时住在物理系的学生宿舍，我的宿舍是106。

很快我们就到了106，王然把我的箱子放到进门右侧放箱子的水泥板的第二格，正好与我的高度一致。我找到左侧第二张床的下床，放下旅行袋等行李，那儿的床沿贴着写有我名字的纸条。王然看了看说："你先整理一下，一会儿我来带你去吃饭。"说完急急忙忙地走了。

我看了一下，这个宿舍摆放了四张双层木床，跟我们中学的类似。但面积会更大些，中间放了四张两个抽屉的桌子，还有八个凳子，这意味着我可以拥有其中一个抽屉和一个凳子。看来，我们这个宿舍是住八个人了。

现在宿舍里只有四个人，其中两个在那儿窃窃私语，好像他乡遇故知，话说个不停。另一个静静地斜靠在床上，好像在想他的心事，对我的进出视而不见。我感觉他像我一样孤单，只是他更显得深沉。这人是个大块头，身高差不多有1.80米，穿着朴素，黑色粗布上衣，深蓝色直筒裤子，一头长发听话地在头上趴着，分向额头两边。皮肤黝黑，是长期在太阳底下劳作的那种黑。年龄显然比我大，应该在三十岁以上。据说，师大1977级，出现过父子成为上下床同学的现象，该不会到了我们1980级，还有这种事吧？

我对面前的同学充满好奇，装作不经意的样子多次端详他。他可能是感觉到了，也没有不满的表示，反而冲我笑了笑，但就是不说话。我忍不住问："你是这个宿舍的吗？叫什么名字呢？"说完就觉得前一个问法有些唐突了。不过，那同学并不计较，轻描淡写地说："当然是这个宿舍的了，我叫李耕。"

4

我们正聊着，王然来喊我去吃晚饭。我走出宿舍的时候，李耕跟了出来说："我跟你们一起去吧。"王然爽快地说："好，我带你们去中文系食堂吃晚饭。"

走了将近一公里，中文系食堂就到了。这个食堂比我们中学的大上好几倍，而且对面连着政教系食堂。这个时候可能早了点，人并不多。王然让我们俩坐在方桌旁的椅子上说："你们在这儿等着，我去买饭菜。”一会儿，他同时端来了三碗面汤，接着又端来三碟喷香的红色的肉，手肘处还夹着一个碟子，上面是三个白色的大馒头。

“亲兄弟明算账，我必须先付钱再吃饭。”李耕说着掏出了一张五元的纸币递给王然。王然微笑说：“你们的饭菜票估计要到明天才会发，这一餐就算学兄请学弟吧！”说着用力把李耕拿钱的手推了回去。

在我们村里，难得一见的是馒头，闻着那味儿就想吃，我拿起一个就啃了一大口。没想到的是，这馒头居然不是甜的，而是淡的。因此就停止了咀嚼，露出一脸惊讶状。紧接着，李耕出现了跟我一样的表情。王然明白了怎么回事，就做了个鬼脸，然后指着红色的肉说：“这荔枝肉很甜，赶快吃一块。”

吃完饭，往回走，快到我们宿舍的时候，王然说他还有事，指着远处的一幢五层楼说：“有空到209去找我。”说完就快速离去。

我低头走了几步，抬头对李耕说：“我真佩服你，遇事不动声色，不慌不忙的。我就做不到。”“哪里是什么‘不动声色’，上大学前，我在农村当了四年的生产队长，接触的都是本村的农民。肚子饿了吃饭自己盛，无须考虑待人接物的什么礼仪。”李耕急忙辩解说，“现在感觉就像林黛玉进贾府，生怕多说一句话，多走一步路，被人耻笑了去。刚才的什么‘荔枝肉’我连听说都没有，更别说吃了。”

我和李耕正说着话，我们106宿舍门口的一个戴眼镜、穿喇叭裤的小伙大声说：“你还没回去呀？”我正感到莫名其妙，李耕似乎明白什么，指着自己的鼻子说：“你是说我吗？我要回到哪里去呢？”

“从哪里来回哪里去啊！”那小伙恍然大悟地说，“原来你是我们的同学，不是送孩子来上学的。我叫范忠，认识一下。”说着，范忠向我们伸出了双手。

“哈哈哈！”伴着爽朗的笑声，我们三双手紧紧地握在了一起。

水　灶

庚　申

单位的开水房有叫开水间、饮水室的，也有叫茶水房、锅炉房的，但老矿却独辟蹊径，叫水灶。这名称稀奇古怪，不甚明了：不知是强调食堂的灶头在水房边呢，还是烧水与做饭的流程同理，都需要“灶”加热呢？谁也说不清楚。但老矿的大人娃娃都知道水灶在哪里，是干什么的。

老矿的水灶确在大食堂旁边，是三间大瓦房。屋子正中立着两个大茶炉，一丈多高，都生着三个人手拉开还合围不了的大肚子，足可供三四千老矿人的开水用度。茶炉上面连接的是高耸的铁烟囱，如水泥电线杆那般粗，一直穿过屋顶升了上去。烟囱在屋外又被三根钢索束了，从不同方向做了绑扎固定，烟囱伸上天空的部分就很高很醒目，在很远的地方都能看到，也算老矿一个标志性设施。水灶的门很大，是双扇对开的，开在食堂的内院里，拉了炭的架子车可以轻松出入。正对水灶门的院子里，堆着足有十几吨的大炭。老矿每天出产的大炭其实并不多，但水灶的炭必是要优先供应的，这是老矿的规矩。每班会有专门人员手工挑选出刚出井的最好的老黑炭，先运到水灶，其余的才作为产品出售，能卖多少是多少，反倒没有人过于关心。水灶的炭堆往往直接带着地层深处的黑暗和潮湿，一直黝黑而新鲜。对面食堂做饭的沫煤就不一样了，几个月才运来一次，一次就来几十卡车，堆在那里风吹日晒，尘土飞扬，显得灰不溜丢、脏不啦唧的，院子里的炭堆和煤堆就形成了鲜明的对比。水灶正面紧靠通往食堂售饭大厅的路，开了三个窗，路边依屋檐用钢支架搭起了一个大棚子，上面铺了石棉瓦，可以遮挡风雨。棚里窗下依墙砌有水槽，水槽上架有连接茶炉的水管，水管上等距安着十多个黄铜水嘴，水嘴把儿是黑胶木的，防止烫手。到放水的时候，外面人自己拧开水嘴，开水就会流出来，并不收费。这儿就是老矿人打开水的地方。

打开水对于老矿人是极重要的事情，似乎不仅仅关乎喝水解渴这么简单。按理各家都有小炉灶，单身职工也常在宿舍用电热设备熬粥、煮挂面之类快餐，都有条件自己烧开水。但日常生活中，自己烧开水的情况却少之又少。打开水时间一到，大家都是要去的，即使壶中有水，温度尚好，也会毫不犹豫倾倒干净，争先恐后，急急地去水灶赶这一趟新鲜的温暖，好像农村人去跟集赶圩，更像虔诚的教徒去参加一次次隆重的宗教仪式。

水灶供应开水有时间规定，每天三次，与一日三餐同步。大食堂快开饭的时候，水灶的大棚子下面早就挤满了人，甚至比食堂等待吃饭的人还多。去食堂吃饭的大多是单身汉，他们出门打饭肯定要顺便捎一暖壶开水，而打开水的却有很多是拖家带口的，他们就不一定都去食堂吃饭。

单身职工必是一手拎壶，一手端碗，慢悠悠地踱来的。有的爱热闹，肚子也不饿，就在人挨人、人挤人的人堆里多站一会儿，前后张望，左顾右盼，趁机多瞥几眼老矿那几个长得俊俏的女工，或者近距离打量打量人群里谁家来矿探亲的小媳妇，也能听到伶牙俐齿者戏说张家的鸡毛蒜皮，或者，还有人叽咕李家的飞短流长。矿区的各种新闻趣事往往就以这种口口相传的形式，在这里发布、传播、发酵。听着别人家的热闹，不由得就想起了远在农村的家，想起了自己的媳妇、娃娃，想起了年迈的老人，想起了老屋的热炕，想起了故乡田野里的庄稼……不觉心里发紧，眼窝发潮，遂开始盘算什么时候可以回一次家，最好要赶上农忙时节，能顺便帮家里人多干点活，多分担一点劳动。还谋算着该给家里带点什么农具或者种子，给老人娃娃买点衣服或者鞋袜。这样望着想着，一直挨到自己灌上开水了，才带着酸酸甜甜的心思，带着一壶滚烫的守望，低着头去食堂打饭。有的人望着前面黑压压的人堆，实在熬不过胃肠的空虚打闹，就先急急去食堂填了肚子，这才折回身来，再来赶打开水的晚场。那时，水灶前的人流已经散去，打水的场面已显冷清，连金黄色的水嘴里流出的开水，也好像少了许多热情和活力。

老矿的单身汉，一人吃饱全家不饿，打五磅一小壶的开水，满可以供自己喝一天。带家户可不像单身汉，他们身后还有一大家人，大多还有几个未成年的娃娃，打了开水回去，一家人等着要下面煮饭，要给小娃娃冲奶粉，要洗洗涮涮，热水用量自然大。带家户在人堆里最是显眼，这从他们满手提的各色打水器具就很容易分辨出来。他们打开水的“家伙”往往大而且多，就像他们在老矿拖儿带女的生活。一次拎四五个八磅大暖壶的人，一定是很注重生活品质的人家。他们的暖壶都是在镇上供销社反复试验，才挑选出的最保温的暖壶。他们选择暖壶已很有经验，只要把自己的耳朵盖在暖壶口上，静静地聆听空气流动在壶胆中留下的回声，就能分辨出一个暖壶保温能力的好坏。回声沉闷厚重的一定保温可靠，回声清脆单薄的就不大靠谱。他们最担心暖壶不保温，哪怕因此漏掉一丝热量，走散一缕热气，都让他们心疼。在他们心目中，因为有了滚烫的开水，家才够温暖，家才称其为家。而有的人则注重效率，出门打水就提两只超大铝壶，如水桶一般，虽不保温，但装的水多，还不怕磕碰。这是他们为人处世的一贯风格，就像他们在老矿井下面对复杂危险的工作时一样，快速、干脆地处理好威胁安全的问题，绝不拖泥带水，其他诸如场地杂物、粉尘飞扬、环境卫生等细枝末节，大抵就没人管了。铝壶打水回家，再灌入暖壶，照样可以让热水保温，留存很久依然滚烫。铝壶剩下的水，就由它慢慢放凉，冷饮或者洗涤，都很方便。也有许多是女人亲自来打水的，家中男人肯定下井上班了，只得自己出门打水，还是满手的壶。有的家中还有没断奶的娃娃，只能趁着娃娃睡觉的工夫，女人才急急出来，打了水还得赶紧回去。于是歪着身子强走几步，实在拎不动了，只得放下歇一下，但一想到家中的娃娃是不是醒了，是不是哭闹了，是不是翻下床了，心又紧起来，哪里还敢停留，立马扭着身子，挣扎着走了，只在老矿长长的水泥路上，留下一个扭曲歪斜的背影。

也有大人实在脱不开身，让自家孩子来打水的。来的多是半大小子，正是淘气的年龄。一路上就把手中的暖壶抡得飞快，遇到也来打水的伙伴，暖壶又成了相互打斗的武器，你来我往，铿锵有声，让旁边的大人看得心惊胆战，只怕磕破了壶胆，伤到了人。但暖壶毕竟是暖壶，不是刀枪剑戟，有时真就破了，哗的一声，亮闪闪的壶胆碎玻璃落了一堆，引得所有在场人的目光都转了过来。闯祸的孩子在众人的注视下，不知所措，涨红了脸。其实，磕破暖壶的戏码，每天都会在水灶上演，大人们早看腻了。有人就过去，一看幸好还没有打到开水，也没有伤到人，便帮忙把壶壳内的玻璃碎渣抖搂干净，让他提了壶壳快回家去。老矿人都知道，空壳配个壶胆还可以使用，镇上供销社就有各式壶胆出售。那孩子便低了头，乖乖地提了空壳，踟蹰而行。他知道今天的开水肯定打不回去了，也知道回家后等待他的会是什么样的惩罚。

水灶烧开水的活其实并不重。茶炉有自然吸风功能，每班只需把食堂院里的大炭用架子车推到茶炉前，捅开炉灰掩埋的炭火，再一锨一锨把大炭送进炉膛就行了，炉火慢慢地自会越烧越旺。所以，烧开水的人往往是老矿年老体弱或受伤病影响，实在不能下井工作的矿工。本来一个铁骨铮铮的男人，被迫离开煤矿井下那个充满阳刚气息的战场，工资少了，还不被人看得起，也算英雄迟暮、日落西山，多少都有点失落和伤感的情绪。但唯独来到这个岗位的人，却有机会再找回自己往日的自尊和自信，这从他们端的茶水杯子就很容易看得出来。说它是杯子，其实就是一个用过的水果罐头瓶子，但很大很粗，实在像个小号的泡菜坛子，只有矿工的大手才能勉强端起。每次还没到放开水的时间，那个泡好茶的大茶杯已经赫然立在水灶的窗台上了，很是显眼、夸张，也很气派、张扬。杯中茶叶照例放了很多，茶叶在水中已经泡开浮起，浮起的茶叶已然占到了杯子容积的三分之二以上，茶水就酽得成了黑红色，阳光一照，如晶莹的葡萄酒，很是诱人。这时，烧开水的人就隔窗严肃地望着外面黑压压等待打水的人，一副庄重肃穆的表情。排在前面的人，早就打开了黄铜水嘴，正对着下面自己的暖壶口，眼巴巴望着烧开水人的脸。有些心急的人，就赔着笑脸央求烧开水的早点开始放水。烧开水的知道两茶炉的水已经全部烧开，炉中炭火虽然用炉灰盖过，但身后的压力阀依然发出连续急促的“吱吱”声，闭着眼都知道，那些滚烫的开水是多么着急地想要喷涌而出。可烧开水的人并不着急，他慢条斯理地端起窗台上的大茶杯，缓缓旋开铁皮盖子，吹一下杯中浮在水面的茶末，轻轻呷一口茶水。随着喉结的轻松抖动，还不忘把喝入嘴里的一片茶叶再吐回杯中，这才使劲咳嗽一声，清一下嗓子，朗声说道：时间不到不能放水！那表情和姿态显然是学别人的。虽然看上去有点别扭，但也极像端坐在老矿年终表彰大会主席台上、居高临下将要讲话的矿长。本来打开水的人并不是很渴，但望着他有模有样舒心品茶的样子，自己的嗓子眼不觉就干巴了起来，再使劲咽两口唾沫，竟又加剧了等待的焦灼。

打水的也有烧水人以前的工友，自然不买他的账，有人就厉声说：你拿个鸡毛当令箭，小题大做；屁股后面绑扫帚，还装大尾巴狼呢。别装了！放水吧。有人还骂道：你是哈巴狗咬月亮，不知道天高地厚；屎爬牛（屎壳郎）跌进尿盆了，还以为自己漂洋过海了。快点！我家里还有娃娃呢。大家调侃归调侃，笑骂归笑骂，但放水的总阀门毕竟掌握在烧水人的手里，两相对比，他自然有高人一等的权力和威仪，于是心里就受用极了。当然他也知道放水的时间并不是很严苛，早放晚放并不打紧，但他很享受这样被围观、被央求、被揶揄、被重视的感觉，就像他以前在煤矿井下工作时受人敬重的样子。同时他也知道不能不买工友的账，自己拿捏太过分了也担心他们揭他以前工作出错的老底，在众人面前出自己的丑。于是，他就假装凶狠地对工友回骂几句脏话，但手边放水的阀门却已打开，奔涌的开水一下就冲进了水灶外面等待了许久的一溜暖壶，打水的人群立刻不说话了，都齐齐地盯着前面打水人的动作，单等他们接满开水走后，能早一点轮到自己。一会儿，水灶大棚下面就被氤氲的水蒸气笼罩了，老矿每天最热闹的大戏就这样开演了。

开水放过，水灶大棚下的人群和笼罩的气雾就一同散了，连水槽里的水渍也渐渐干了，喧闹一时的水灶又恢复了平静。茶炉炉膛里的炭火照例又被炉灰严严地压了，看不到一点火光。这时，烧茶炉的人要么在屋内的椅子上已经酣然入睡，要么锁了大门，去附近的热闹处打牌下棋了，外面根本见不到他的身影。只有头顶的烟囱上，还飘出两缕青烟，在辽阔的天空拉出了两道长长的线，连绵不断，忽隐忽现，好像是特意留给老矿人一个安逸踏实的信号。

但谁也没有想到，有一天这信号也会中断，会消失。二十世纪九十年代后期，随着老矿关井闭坑，人员下岗分流，水灶终于停了、关了、拆了，老矿的人也走了、散了、不见了。以前矗立茶炉的地方，只留下一地寂静破碎的瓦砾，还全部被茂盛的荒草占领了，好像从没有人来过的样子。

离开老矿十多年了，我再也没有遇到一家有水灶的单位，也没有见到过如老矿一般大规模集中供应开水的厂矿企业。老矿的人现在去了哪里？在干什么？他们是不是和我一样，都在用天然气或电热装置自己烧开水？他们身边那杯热气腾腾的开水，还能否喝出老矿水灶的温度和味道？

山里的节日

侯志锋

“靠水吃水，靠山吃山。”在山里，很少能看到山外的世界，那密得不透风的群山，一座座山岭飘浮在天空下，像是山神放牧的羊群。山是我们全部的世界，祖祖辈辈到我父辈那一代，他们也没有走出大山，就是死后，也还得葬在杂草茫茫的山上。

能使山里人热闹或是不淡出记忆的，就是山里的节日，像鸟鸣一样擦亮天空。

过完年后，最先来到的一个节日便是农历二月初一。这个节日我不知道它的来历，打记事起我们家乡就有这样一个节日，我后来流浪他乡，很少看到别人过那样的节日。这样的节日，在我们家乡就像一个小小的“清明节”，也是祭奠先人的，但祭奠的是刚走的亲人。去世未满一年的必须做二月初一，满一年了的做初二，满两年了的做初三，做完了初三的亲人，就可以烧立在八仙桌上的灵牌。这种祭奠刚去世的亲人的节日，显得比较沉重，没有多少喜气，唯一的好处就是能吃上一餐好的。那个时段刚好是地里的玉米苗成长的初期，村里的人都用木桶挑着厕所里的粪水去淋玉米苗，傍晚收工的时候，每家都有一人拿着一挂腊肉，走进那些刚有亲人去世的人家去做二月初一。很多地方，二月二都是龙抬头，但在我们壮族人那里却是不一样的风俗。

壮族地区还有三月三走坡节，远远近近的男女挤在风流坡上，对歌声一阵阵传来，好不热闹，有的青年男女就是在走坡节上牵手成夫妻的。

走坡节的歌声刚刚落下，清明节又在晶亮的日子里走来了。清明节虽说也是祭奠的节日，但过得非常喜庆。在我的老家，除了春节，清明节是一个最大的节日。外嫁的女儿都必须回娘家做清明，而且还挑着一笼鸡或鸭，那些鸡鸭不光给自己父母家，还给伯伯叔叔家每家一只，如果他们家里的崽大了分家，还得给他们每家一只。

清明节里我最喜欢的美食，大概就是艾糍粑了。清明里，正是艾草生长旺盛的时期。母亲头上包着一块头帕，背着一个背篓，把我带到小学侧边的山脚下，我独自坐在路中玩蟋蟀等待母亲。母亲背着一筐青青的艾叶走下山来，手里还抱着一丛艾草，她把掘来的艾草种植在我家的菜园边，每年初夏，菜园边的艾草旺盛地生长，从此要做艾糍粑，再也不用到山上去摘艾叶了。

母亲是一个非常勤劳的人，我从没见她睡过一次午觉。每天日出到日落，她的身影都在田地里晃动。父亲在世时在老屋前种了许多果树，一棵高大的柚子树，和我家的瓦房齐高，秋天里挂着的金灿灿的果实压弯了树枝，开花时节，白白的柚花满树毛茸茸的，像是童话里的圣诞老人，蜜蜂在树上飞来飞去。还有一大一小两株柑子树、三株黄皮果树、两株红李、一株蜡李、一株柿子。这些果树在不同的时期成熟，解了我和哥哥的馋。记得天刚亮，母亲就挑着两筐水果去集上卖，傍晚回来还给我们买来几块最喜欢吃的油炸馍和一两本作业本。母亲还会酿一手好酒，她酿的米酒都是用家里的原粮配制的，用酒曲发酵的米饭在屋中弥漫着甜香味，我经常偷吃，那甜甜的伴有酒味藏在坛里的酒糟在我嘴里简直就是最好吃的食物，母亲酿的米酒很少有过火或酸的，她有时酿酒还会加上一些红兰叶，就成了红兰酒，拿到集上卖，很快便会脱销。节日里，我们家里从不用买酒，招待客人的都是我母亲自己酿的米酒。

清明里采来了艾叶，母亲架上那副青石小磨，悠悠地转动磨着事先泡好的糯米，米浆随着石磨转动滴落木槽中，然后再流进套在木槽口的布袋里。磨完糯米浆又开始磨豆腐。

准备好糯米浆，又开始烧开水，把艾叶放在开水里烫，然后捞出在糯米浆里拌，就开始揉如小孩拳头大小的艾糍粑，里面包满砂糖，外面用芭蕉叶包着，放在锅里蒸，蒸熟后就成了我们最喜爱吃的艾糍粑。

哥哥和姐姐、姐夫们杀鸡杀鸭，母亲做了艾糍粑后又开始做豆腐圆。一大锅煎熟了的豆腐圆架在土灶上，满屋飘香，引得我口水不停地流，最先品尝熟豆腐圆的就是我了。

万事俱备，我家、伯伯家、叔叔家，姐姐、姐夫、堂哥、堂姐、堂姐夫、姑父、姑妈、表哥、表姐就挑着煮熟了的鸡鸭鹅，到山上扫墓去了。祖宗们埋在各自的山头上、山谷里，有远有近，扫了几天才把所有的墓扫完，墓上纸幡飘飘，香烟袅袅地在清明的雨雾中升起，爆竹声一阵阵地在山间传播。

过完清明节，四月初八又到了。四月初八节我没明白它的来历，这个节日里壮家人都做五色糯米饭。我家乡流传着这样一句民俗童谣：“二月初祭新人，三月清明艾糍粑，四月初八五色饭，五月初五包粽粑，六月六晒衣服，七月鬼节狗舌馍。”如果你是壮家人，便对这样的节日再熟悉不过。

在蒸五色饭的时候，母亲一般都把腊肉蒸在饭上，饭好，腊肉也飘香了。四月初八不光做五色糯米饭，还包粽子。我们壮家人包的粽子还分为小粽子和大粽子。四月初八包的是小粽子，端午节包的是大粽子。

五月初五包的大粽子是非常考究的，我们上山采摘一些专制粽子的树叶，把它烧成灰，然后过滤，用滤出的水泡糯米，包出的粽子金黄金黄的，无比芳香。那些包大粽子的粽叶，都是去山谷里采的野粽叶或者芭蕉叶。有一种像茅草一样的粽叶，比两根手指宽，两面都是毛茸茸的，它喜欢躲在茅草里。上山割来一捆这样的粽叶，一片片排着，包成圆锥形的长粽子，非常美观，而且煮熟后打开，粽子的表面金灿灿的。

端午节前后，峁上的山稔花红遍所有的山岭。在我的记忆中，山稔的花期是漫长的，它开了整整一个夏季，山稔花开在我童年的季节里，使山里的孩子有一个夏天的花季。山稔果的果期也是最漫长的，夏天里青青的果实就开始结在花蕾下，深秋和初冬还有黑黑的果实挂在树上。

我们在五月里等啊等，等得口水流，等得耳朵长，那些青青的山稔果还是不肯成熟。等得不耐烦的时候，鬼节悄悄来临，山稔果才开始成熟。那些刚成熟的山稔果，最先品尝它的是山上飞来飞去的鸟，每颗刚红的山稔都留着鸟叮的印痕。大人告诫在山上放牛的小孩，说那些刚红的山稔被“鬼”吃过，小孩们细细地看，果然每只刚成熟的果子上都有“鬼”的印痕，但嘴馋的我们顾不了这么多，一摘到红的山稔果就把它放进嘴里。

鬼节是从七月初七开始的，日子又变得喜庆了起来。七月流火，玉米已经晒干收进粮仓。鬼节也是祭奠先人的节日，不用上山扫墓，只在家里祭奠。但鬼节和清明节一样热闹。站在山坡上的我们，看到弯弯山腰的小路上，外嫁的女儿提着鸡和鸭回娘家过鬼节祭祖。家里有人过世的，就在初七做一次，叫“头七”。我们壮家人的鬼节大多是在七月十四，有的在七月十三、十五和十六，虽是附近的村庄，但风俗也有所不同。

白月光静静的夜晚，我们坐在晒坪观望蓝天，银河浩浩茫茫，听村里的小学老师说，银河是王母娘娘阻隔牛郎和织女的天河。村里的老人们另有自己的说法，说每年的鬼节祖宗们就要从天上的河坐船回家。我们十四做了鬼节，十六就把纸船放进河里或者水塘里，把祖宗们渡回天堂。

最欢喜的是，鬼节里我们又有口福，家家户户又开始做一种我们最喜欢吃的美食：狗舌馍。母亲仍旧架起小小的青石磨，磨起糯米浆和豆腐来。姐姐回娘家，动起手来跟母亲忙碌。磨好米浆和豆腐，母亲就把糖拌在米浆里，外面用芭蕉叶包，做成如四个手指一般大小的糍粑，蒸熟后把芭蕉叶打开吃，里面的糍粑像狗舌一样，但是非常美味。她们做完狗舌馍，又去煎豆腐圆。而我和哥哥、姐夫，则在杀鸡杀鸭。

我的母亲，香港回归那一年，去了天堂跟随离别我们几十年的父亲。在外的我，每当在节日里想起他们，常常泪流满面。

诗歌

还乡的人

晓　岸

年货集市

我爱这一个一个的集市——它们培植了我的梦。
在乡村，每一个古老的节日
来临前，红色的气息
像绸缎抖动着，覆盖裸露的野地。
糕点的甜味浮在空气里
有时粘在陌生人的衣服上。好看的花袄
俊俏的脸，一阵风似的。

那么多人，沉浸在简陋的欢乐里
他们会短暂忘记贫穷，露出开心的皱纹。叫卖声外
我渴望看到我的母亲在拥挤的人群中。她两手空空
仿佛还有什么没有放下。

多少年了，从一个个乡村的影子里
我寻找丢失的物品。看——
买鞋子的人，找到了回家的道路。买日历的
校正了属于自己的时间。

那些小米大米黄米，每一个颗粒的侧光里
都住着我的一个亲人。
但我总跟不上母亲的背影
漫长的集市，我想帮母亲分担些什么
我想让那年画里不老的神仙
能分出一些时间给她，不要担心我
一个在千里之外，丢失在集市里的孩子。

回 声

坐在山坡上，我想找个人
说说话。我想找一个扛着木头的人
聊一聊去年的雪。尽管我知道
这些年的雪，少得不足以
盖住进山的脚印。可是我需要
有个人，在磨石山的桥头
等我，往急速的流水里
投掷光滑的卵石。作为留守的人
它必须保持沉默，必须
逼迫群山收回低下去的夕阳。
我需要他听完这些年
我没有说的话，扔光卵石
走过来拍拍我的肩膀
沿着黑暗中的回声
随意地走进稀疏的灌木丛。

晨 曲

我想起来，在那孤单的小镇
黎明总是来得很早。
老妈妈踩着露水去菜园。
晨光照在她的白发上，
一点点断开，又落在
微微卷曲的菜叶上。

这是多么久远的事了。
现在，我觉得
就是在昨天。不，
好像就是刚刚，而我
像个孩子一样对着远处的光影
轻轻地喊了一声妈。

还 乡

记忆是突然的。像一道光束
被身体的颤动完成了。

我就从那里回到了童年。暗红色的家具
在惊蛰的日照里泛着光。暗影中，
小脚的祖母走出来，端着烛盘，打开柜门，

一种熟悉的味道——像早春的柳枝或
晒干的泥球——包围过来。

你是它们忠诚的倾听者吗？在春末，古老的仪式完成
新的希望拱出土地，
它有漫长的故事要讲述。不仅因为
它的转角和卯榫，
紧紧地把握了时光的秘密。

每个古老的春天，从它模糊的纹理上展开秘密行程。
就像是一条河流，隐身在
一棵永生的树木里。那些光滑的旅行家，
一生都在纠正未知的方向。但不会
有人得到答案，不会在它
幽深的光泽中找回自我的道路。

哦，这沉默的倔强的代言者。为时间
藏好了每一个季节。回家的人，会循着它的光
在寂静的落日下和亲人相认。

去山中

松枝上有少量的光照，看起来
并不像受过很多的折磨。暮春的风

太多随意，因为绿色日益渐深

它时常会迷失，像一个多年不回家的人。

我想起来，薄云的下午

我睡在南面的山坡——

一点风都没有，那么静——

鸟都去了远方，或者最深的山里。

而我，想保留这样孤独而宁静的生活

陪着一座山，过一过冬天

也过一过秋天和夏天。它沉思的样子

如同我的前身，它伸展的样子

更像夜里旋转的星空。

我看得见自己躺在山坡上

躺在春天的，一尘不染的山坡上

一点风都没有，白昼的星空如此明亮。

每一棵树都无声地生长

就要抵达了星空，好像这整座山

都在长高，慢慢离开了

它的出生之地——

炊烟不是吹的（外二首）

末 未

炊烟不是吹的，历来服软不服硬
在辽阔的天地之间，唯有细如柳丝的晚风
它乐意，与之纠缠不清

它一直渴望一把板斧，把劈柴劈开
再借助一把火逃出年轮
成为天空扯不断，又理还乱的部分

我终于理解了它的拒绝燃烧
把发光发热留给火焰，甚至它哪里也不去
抱住锅底，像一个人的怀乡病

我就是在锅烟灰中被黑抹大的孩子
知道除了一道炊烟，再也没有什么
能够扶住一个家摇摇晃晃的日子

而一口热锅后面，我妈又开始了她的唠叨
她一边炒菜，一边对正在添加劈柴的我说
不该扔的菜叶，就不要扔

任性的香气

芫荽、火葱、折耳根……
任性是它们的教科书
它们身上的香气，从来就不讲道理
还动不动在台面上，让初次相遇的人
终于领略了，什么叫不给面子
无所谓拦腰斩，也无所谓下油锅
但我更喜爱它们与生俱来的挑逗性
——与乏味的生活一直作对
正是这些小精怪，让我爱上了
人间的一把刀，又爱上了一只碗
之所以我要在草丛中，扯风扯雨扯雷电
扯出日上三竿之后，依然
还要扯东扯西。愣头青就不用说了
芽芽草当然，逃不脱我蜻蜓点水的指尖
我灰头土脸地卖命伺候，如一个下人
伺候小公主们的大脾气
其实我是在伺候，一地味蕾的闪电
我要用一双筷子，激活满肚子的乡愁

种故园

先是姜、葱、蒜，如魏、蜀、吴

在租来的地盘，被我三足鼎立
又画地为牢——允许重口味，但天生的脾气
只能张扬在自己的小团体
我要你们太平盛世，也要你们个性独立
我要用这块弹丸之地，为弹丸乱飞的世界
种下一个理想国。我也常常为此忘记了我
还活在这个小算盘的尘世
黄瓜，豇豆，白菜……我要
给漏风漏雨的菜篮子，种出一篮子惊喜
移栽到城市二十个春秋，是一把锄头
让我接上了地气

通泉草（外二首）

华　子

在乡下，雨水充足的日子
开始绿起来，再充足些
大片、大片的白和紫，就沿着田埂、沟渠
在风中跳起舞蹈

以弱小的身躯听燕子呢喃，春天来了
以包容的胸怀，煎熬炽热，夏天到了
那一刻，鸡鸣卧于栅栏，流水改变贫瘠
那一刻，星星点灯，我许以悲悯
炊烟沿着瓦楞飘散
朴素的眼神，撕日历，月光还没有起程
你匍匐，兑现一次大地的厚爱

在乡下，我有很多机会与你畅谈
也有足够的时间，把你写进日记。但我没有
直到漂泊他乡，才明白
卑微的你，总是以沉默的姿态
缝补土地的荒芜

可以谓草，也可以谓花

无须刻意地寻找，你谨小慎微地活着
只要低头，就能看见娇嫩
在乡下，爱着雨露，也爱着故乡

翻水车

一节节的翻水车，卧在夏天的沟渠上
有男，有女，也有老人在一旁指指点点

童年，我很好奇脚踏的声音
好奇一节节的水怎么就从低处爬上了高处

有时抓住横杆，试着用力
有时，踩，再踩，亲人就说“你还小，赶不动轴心”

庄稼绿了，燕子也来过
一年又一年的阳光还是老样子
而亲人们，有时风大的时候，就再也看不到

现在，田垄高低有序
几只燕子立在旧式的水车上

它们像我的亲人，把合作社的笑容晒一晒
把高出谷粒的稗草认出来
也把一段往事，安放在县志里，继续活下去

长满荠菜的家乡

这里，长满荠菜
这里脚印没了，还会出现新的脚印

童年的羊角辫在阳光的土地上
奔跑。更多的，属于农谚的燕子
衔着泥土在屋檐筑巢

荠菜的家乡，我本无心
一条田垄，一片旷野，甚至潮湿的石缝
都会在童年滋润天真的遐想

风摇着这里的荠菜，也吹着我薄薄的衣衫
偶尔几声鸟鸣，从头顶飞去
却不见晚秋的景致，吻着我懵懂的心

卑微地活着是乡村的骄傲
是变卖的手指换来黄昏的炊烟
换来农家院子，一点点苹果的香气

只有在老家的田地，长得肥硕、饱满
只有到了秋天，在霜降之前
城里人才能挑挑拣拣，带回家

喊故乡（组诗）

王兴伟

蘑菇绽放

太阳雨具有奇幻的色彩与魔力
大山上，松树下，原本被草遮掩的土
转眼，就冒出雪白的朵
这是大地的魔术，一个微生物的生死轮回
在沉默中绽放，又在绽放中消失
像美丽的蝴蝶从未展示破茧的痛

后来，我在温室里看见它们
阳光被灯光取代。它们的生长
像复制、粘贴；没了时间的界限

山上，没人再唱采蘑菇的歌谣了
那一朵又一朵的白，像被人间遗弃的孤儿
在树下独自啜泣
而叽叽喳喳的鸟，像在唱一首
快乐的歌

天上密集的乌云，一会儿就荡开了
一丛又一丛鸡枞，在山里
连续不断地冒出来，像圣洁的白莲花
悠然开放

刺梨黄了

那时，阳光正好
牛在旁边悠闲地啃着青草
高过人头的荆棘是一道防御的墙
那时，刺梨骄傲地立在草丛中
金黄的果子昂着头
它们无序地，分布在
伸向四面八方的丫枝

静默的蝴蝶，安静地伏在上面
嗡嗡的蜜蜂，去了又来
它们就是引诱昆虫的王

那时，乡间随处都是
这带刺的果实；那时我们无知
常常鄙视它的骄傲

一粒粒熟透的刺梨，就这样
孤独、寂寞地度过秋天。风一阵阵吹来

它跌落一地

我们视而不见，我们跑起来
身后的金色覆盖了，整个大地
我们是，唯一忽略刺梨的孩子
就像生活，常常忽略了我们
一段，又一段并不精彩的童年

好在，刺梨年年都黄
年年都挂在，乡村的旷野上

丝瓜飘香

一行人在古老的四合院里坐下
丝瓜、石磨、腊肉，与角落里的小鸡
都变得陌生
阳光一缕，一缕
深入石头内部
即使神龛，即使那条停放老人逝世的凳子
也不可避免

坐在屋子里，提笔，凝思
一次次与自己对话。现场没有人
能将他，从二百斤谷子与一百斤苞谷中拽出来
日子低进尘埃。石阶生出青苔

木门斑驳、腐烂，蜘蛛网拉了一张又一张
我要的是葫芦，对着书本我大声念
院坝边，那棵葫芦藤
被风吹得，摆了几摆

也许，心在闪电与闪电间能开出花朵
他拉来化肥，平整了池塘，那些蹦跳的鱼儿
在涨水的日子中飞了起来
四合院里，我们抬头看见的星星
一闪一闪，像祖父慈祥的笑脸
重又降临人间

灶头里的火越燃越旺，浮在锅里的丝瓜
香气勾引了坎上那个独居的老人。他提一壶苞谷酒
推开门，一瘸一拐，正在赶来的路上

春光乍泄

正月十四，那些坟前点亮的纸灯笼
在十五的黎明被收了个精光
用刀子剖开，小心裁成的一本草稿
遇见有蜡的地方，就一笔跳过

笔一元一支，不敢轻易丢失，即使笔尖坏了
也要用镊子拉直，用上两三年

新鞋不轻易外出，家里没有多余的鞋子
也没有多余的时间
那时的黄昏比现在幸福
一头牛，与成群的伙伴将孤独拒之千里

一张篾条编成的席子上，几个人的童年
都在梦里，挤来挤去
没有平房，没有车经过
刺梨花开，蜜蜂与蝴蝶，常常
被我们忽略，不像现在
孩子们很少遇见它们，描写
都得从网上，收集它们的形象

乡村简朴，夜晚飞出的蝙蝠
与北归的燕子，都一去不返了，只剩下麻雀
在屋顶，水泥路之间，叽叽喳喳叫个不停
像乍泄的春光，淌出一个口子

乡间叹息

煤油灯是神撒落的星星
深夜还在闪烁
灯花开了，书的世界很大
未来在猫头鹰的尖叫中，不可预知

父母心疼。醒一次叫一次
犬吠有些令人心颤，山上的灵魂
似乎都飘下了山，燃成了一束束庇佑的火

四野空旷，小如拇指的河流一流千年
那些细细的响声，总能安抚那些上蹿下跳的灵魂

煤油灯再次点亮，它近，又远。吹灭乡村的灯盏
日子就飞了起来，电视上的蒲公英
鲜活，永远在春天的旷野上飘荡
老家那些牛，狗，老鼠以及丢失的猫
都被明晃晃的灯光赶去了时光的阴影处
也许风是一把隐形的刀子
它们，不再出来

被翻出的煤油灯，一捏
散了骨架，落满尘灰的瓶子里，像乡间叹息
一句叠着一句

六轮晃动

那时，率先爬上六轮车
是一件很幸福的事
没有座位，先来的坐在两边的横杠上
后来者站在中间，人挨着人

派出所发过多次公告，说这样的黑车最危险
可是，从乐安到虾子
没有一辆有座位的长安车

我站在车上，任公路荡起的灰尘
落在头上积淀厚厚的一层
乡亲们的脸很熟
他们相互招呼，下车后各自付费
这似乎，一点也不影响
他们之间固有的感情

有时人与猪狗羊同车，雨打在篷布上
脸就是浮雕，被淋湿的身子，就是竹竿
一车都是晃动的乡间事物
从年初一直晃到年尾
晃过了整整一代人

那时，开六轮车的人
就是运送春天的人

喊故乡

炊烟一颤一颤，被风吹散了
白云轻轻飘来，停在树梢上
被叽叽喳喳的麻雀一吵，又飘走了

我们把风筝放在山坡上
拽着线使劲奔跑。乡村的田野真大，不见尽头
也不见月光，鸟翅擦着黑夜的边沿
滑向深渊

“回家喽……”大山在接力，空荡荡
桃花开，菜花香，风筝扯断了线，一头扎向远方

在田埂上跌倒，爬起
狗摇着尾巴，衔着裤管，朝着家的方向
妈妈正在村头，她不安的样子，随月光晃荡

“回家喽……”我们使劲跑，使劲喊
…………
跑着跑着，我们就跑丢了故乡
喊着喊着，我们就喊错了故乡
喊着，喊着
梦就湮没了不停地喊

苹　果

香气四溢，猴与蚂蚁都忍不住来了
一棵树，四十年前青涩的果子
挂在粗壮的树干上。我伸出的手摘下

随后扔向了对面的山谷。直至腐烂
一只苹果也没能完成一只苹果的旅程
三十年前，果子点燃的火焰灼穿苍茫
我学会了等待，遍地果香
所有的故事都在枝丫上一颤一颤
有一幅画在梦里超出了纸的边界
我始终不说。二十年前
一只苹果已经超越了果肉本身
我手中的刀子，不含情感，一下一下
接过的人远走天涯。于是
我开始酿一坛属于自己的酒
醉，与不醉。都与世事无关

满大街的果子容易让人忽略一棵高大的树
与树下的人。很多年，我都没看见
一只苹果砸在光秃秃的头上
加速度也没能改变平庸的生活
十年前，我试图将一个苹果
还原为一只苹果。随时间自生自灭
引来的蜜蜂与蝴蝶，都异常欢欣
村落烟火袅袅，我已无法
再沿一只苹果走过的路前行
故事，忽隐忽现。仿佛一张纸
仿佛一朵云
苹果依然脆弱的身子；对于蚂蚁

一样崇高；对于鸟，充满诱惑；它最坚强的部分
对于刀子，依然柔软

所以，秋天，我看见那藏在云层中的闪电
并不干净，也并不纯粹

山中所见

杨犁民

山中所见

昨夜下了一场雨，空山和鸟鸣
真的就像洗过一样，紧挨着乡村水泥公路
并排四座坟，其中两座立了碑
一座七块碑石，一座一块碑石
另两座什么也没有，更没刻一个字
只是一堆乱石，此时清明刚过
刻碑的两座坟墓，仍挂着新挂的纸幡
摆满了祭品，焚后的香烛
另两座什么也没有，只有鸢尾花
开满了整个坟墓

野　樱

围墙边那棵野樱开了
满树鲜花，和天空争抢领地
天空还是输了，天空，被逼退
只剩下一些缝隙

我站在树下，周身都是开花的愿望
和缤纷的幸福，这些用一生
来开一次花的花朵，要数清它
同样会耗费我一生的力气
但我没去数，我只是坐在树下
任由樱花飘落，我是个闲散的人
我这一生，也不过一株开花的野樱——
三千繁华，一树寂寞

听　雨

宜偏山，宜独人
宜把自己清空，像个陶罐
里面只剩时间，和陈年的积垢

除了打开耳朵
听雨一声两声十万声……还要
张开身体，去接纳
把身体置换成一座山，一棵树
一条溪……

在一场雨中，听无数雨
也在无数雨中，听一滴雨

贵州大曲，一滴酒香的赞美和慈悲

苏美晴

1. 父亲的老酒

我要晚于贵州大曲的诞生，用红粮窖酒摸到光阴的骨骼
从老酒、老友的情怀里，那是父亲，最深的藏情
那是起家的身份，打开乡愁潮涌的大门
那就是父亲，被持续闪耀在一滴酒香的素描中
却像是岁月厚重的言辞，在诞生的过程一直在父亲的胸怀里歌唱
把跌宕磨成透明的羽翼，在发白的记忆里飘着生动的香气
我确认那就是父亲躬耕的身体，就是一朵酒花上荡漾家私的全部
我要晚于一滴贵州大曲，但依旧用似曾相识打动人间的灯火
一路星辰的奔泻，我知道我的兄弟姐妹
以酒香辨认彼此，在漂泊的回家之路
一杯酒，人间多了一个幸福的酒窝
一瓶贵州大曲，父亲的身体像一只船载着我们
浓缩在骨肉亲情的血脉里，依旧看见我的老父亲
把岁月咂吧得有声有色，用挥汗如雨的繁荣写出我们的名字
把我们还原成一粒粮食的歌唱，还原成一滴火
照亮他逐渐暗淡下来的身体
酒香活在记忆里，慈悲和赞美就不会停滞

谁会留意星辰种满的窗上，谁在烟尘里打捞眸子深处的绝唱
我知道我的父亲，重彩诗意的白发，用酒香素描的身体
我就是知道那些缝合黑暗的缝合之力，被贵州大曲紧紧黏合在一起

2. 老酒的味道

流水在这里打了一个结，液态在液态里被贵州大曲提存
水源，酒源。其实我看不到什么
养育之根，再造之源，就走进了我中年的沧桑与沉寂
水里的文章被抽穗，水里的光芒被打捞
我才明白一滴酒水缓慢发酵的隐秘
我猜想这酱香本身就是天上美酒的味道，被置放人间
在人间必须与人间凡物勾兑
适合下沙，投料，蒸馏。必须有一个智人才能发现
并守住酒香飘逸的来源，再把酿造的美酒，卖回天上去
月光是用不完的银两，青山绿水续接不完
一滴老酒的味道，不需要太多的词语
我却需要贵州的山河，还在人间
打开酱香的暗语，流动在杯盏之间，带着山河的羞涩
再去阅读一滴酒里，隐秘的力量
微生物仪态的步伐，我的肉眼凡胎，看不见
以及我想表达的爱慕，它想表达的匠心，都在一杯酒里
一滴滴酒香像一颗颗子弹击中所有的人
我才明白，人间那些流芳的事物为什么流芳
与光阴越陷越深的面孔，都被酒气弥漫
混淆了花开枝头各自的表述

3. 人间有贵州大曲

像亲民的指令，贵州大曲被人间灯火接管
酒香的光泽被点亮，我们每一个人的背上都背负一粒
那些被雕刻的人以及酿造的工具
像我失散很久的亲人，带着不同的身份，又住进了我的身体里
无须用多余的语言去表达献祭
这里我只认男的为父，女的为母
被酒香浸泡的身体，夯实了人间的雏形
只认一桌团圆饭中的推杯换盏，重温回归的味道
一部贵州大曲的发展史，正贴紧民间的旨意
接雨水，续烟火，回味经典
千里迢迢来领略，一滴酒香就能膨胀的身体
父亲依旧在，一杯贵州大曲的风情万种里
藏于人间的那些隐形人，总是习惯与我重合使用我的身体
但都绕不过贵州激情的地址
一杯贵州大曲温暖着我半世情怀，酒香是人间唯一的麒麟
老父亲、老味道，收敛人间冷暖的修辞
就是穿过一场酒香浓烈的熏制，在乡愁里永远绾着死结
看不见，能闻见；听不见，能嗅见，在化泥的阵势里，等着什么
等着那些残余的香气钻入我的鼻息，化成乡愁恒久的记忆
我才知道，让两个我重合在一起，才能在人间站立

2022年6月18日

附录

2022贵州大曲杯·记忆里的味道
——“我的美丽乡愁”文图大赛获奖名单

特等奖：

1. 千忽兰（张　浩）　《林中一片寂静》
2. 李　晁　《大河之间》

一等奖：

1. 简　默（王　忠）　《白果树下是我家》
2. 朝　颜（钟秀华）　《一座古村的前世今生》
3. 晓　岸（代晓伟）　《还乡的人》（诗歌）

二等奖：

1. 李天斌　《立冬记》
2. 苏　敏　《最是难舍“胭脂红”》
3. 朱登麟　《打座台》
4. 安元奎　《乡场酒话》
5. 方雁离　《文笔书屋》
6. 王　刚　《故乡的桥》
7. 赵以琴　《遁入暗夜》
8. 末　未（王晓旭）　《炊烟不是吹的（外二首）》（诗歌）

9. 华　子（冯金华）　《通泉草（外二首）》（诗歌）

10. 王兴伟　《喊故乡（组诗）》（诗歌）

三等奖：

1. 陈峻峰（陈俊峰）　《寻命乡味》
2. 朱　强　《味道》
3. 陈　鑫　《酒好巷子深》
4. 牧　童（成　敬）　《碾子的火把》
5. 言　子（向　燕）　《石板路》
6. 杨文利　《陈贻焮先生的乡愁》
7. 彭小年　《原乡“味道”》
8. 陈少白　《酒杯里的乡愁》
9. 木　乔（陈德轩）　《望水檀》
10. 陈学超　《故乡的水井》
11. 丁迎新　《留一抹月光寄乡愁》
12. 卢华东　《贵州大曲里的无尽乡愁》
13. 吴如洋　《再版的村庄》
14. 席振秋　《我的美丽乡愁》
15. 徐玉向　《小花牛》
16. 张　恒　《陈年大曲香》
17. 胡明琳　《栀子花飘香的夜晚》
18. 章乐飞　《酱香》
19. 王海滨　《1980年的瓜果梨桃》
20. 冷　江（许正文）　《江南的雪，静静落在我的心上》
21. 黄清水　《晚熟的枇杷》

22. 康玉琨　《开学第一天》

23. 庚　申（刘根生）　《水灶》

24. 侯志锋　《山里的节日》

25. 杨犁民　《山中所见》（诗歌）

26. 苏美晴（杨文霞）　《贵州大曲，一滴酒香的赞美和慈悲》（诗歌）

27. 宋　勇　《醉美旋律》（图片）

28. 宋　洪　《坐着火车去赶集》（图片组照）

29. 孙　军　《家乡冬日晨曲》（图片）

30. 李淦斌　《篮球之乡》（图片）

优秀奖：

1. 林海亮　《旧市场》

2. 司长冬　《故乡的蝉》

3. 任新桥　《贵州大曲里的兄弟情》

4. 小重山（王永胜）　《故乡是一罐水》

5. 昌　婵　《藠头与薤》

6. 高积俊　《最忆遍山杨梅时》

7. 张弦弘　《巴旦木，外婆的乡愁》

8. 赵　纤　《春水鱼》

9. 刘诚龙　《喊风》

10. 刘　华　《童年物类履历》

11. 张文锋　《渡亭》

12. 王　凯　《粗缸糙菜》

13. 刘汉斌　《月亮山：味觉记忆里的植物词库》

14. 卢仁强　《母亲的米花糖》

15. 廖明华　《魂牵梦绕的折耳根》

16. 蒲素平　《返回南西东》

17. 仇士鹏　《白兰情深》

18. 童树梅　《夜航船·夜行车》

19. 王军先　《小果子》

20. 王念平　《蛤蟆咕嘟》

21. 张译匀（张　立）　《家住岭上》

22. 末　末（姚　娜）　《当水变成了酒》

23. 徐　焱　《蝶恋花》

24. 常晓军　《故乡的酸枣》

25. 谢登坤　《味道是一条河》

26. 崔向珍　《老日历　新日历》

27. 铄　城（解品军）　《月如钩》

28. 江东瘦月（谢爱平）　《农耕记忆室内，乡愁是动词》

29. 徐　俊　《我的村庄，我的河流，我的乡愁》

30. 龙水蓉　《回到时间的河流，唤醒美丽的乡愁》

31. 周永珩　《羌山腊肉香》

32. 黄渺新　《客家腊月年飘香》

33. 蔡　凤　《溜洞的洞》

34. 廖建华　《从河沟到邛海》

35. 查世霖　《竹林春秋》

36. 陈梅英　《梁间燕》

37. 祁敬君　《满族的火炕》

38. 高　坚　《榆钱儿·黄豆酱·白玉米》

39. 蒙　佳　《犬吠闯进光阴》

40. 王玉玲　《炊烟里的村庄》

41. 田应江　《流萤河》

42. 瓦秀丽　《荞麦花开忆乡愁》

43. 张　燕　《刨锅汤里说乡愁》

44. 文　灿（毛文欢）　《沉与升》

45. 徐本文　《香辣滑过唇齿》

46. 杨秀廷（杨秀庭）　《树梢上的乡愁》

47. 古保祥　《柔慢时光里的祖母》

48. 海青青（海青善）　《母亲的糊涂面》

49. 白　柳（刘中才）　《逆流之上》

50. 寇　洵　《豫西食事》

51. 汪旺明　《学耕记》

52. 曾　辉　《火焙鱼里的乡愁》

53. 杨冬胜　《乡野之茶》

54. 程　勇　《妈妈教我做豆腐》

55. 朱德成　《弹花匠小武子》

56. 谭　岩（谭兴国）　《黄花，黄蜂，黄土墙》

57. 李　梅　《故乡的米酿》

58. 崔　信（高尚平）　《洞庭三珍》

59. 唐　风（唐治信）　《红高粱》

60. 马冬生　《挂在柿子树上的乡愁》

61. 梅　妆（朱盈旭）　《桃花红·乡愁帖》

62. 应　峰（应传锋）　《刻在心里的愧疚》

63. 曹新庭　《布谷鸟掠过》

64. 王利军　《家乡在我的目光之外美丽》

65. 丁　欢　《黄昏》

66. 严琼丽　《挖土豆》

67. 薄雪晴天（杨凤清）　《长菜》

68. 戴雪莲　《屏边风物志》

69. 宰茄茗　《故乡的小水库》

70. 冯金华　《石井·石磨·石磙·乡愁》

71. 郁南风（付　剑）　《遥远》

72. 岱　城（黄海雷）　《秋夜忆故乡》

73. 郝玲君、时　红（李可尧）　《走不出的那座山》

74. 寒　石（包德贵）　《苔条：宁波人的海味素》

75. 虞　燕　《穿越时光的奇特臭香》

76. 陈茂声　《遥远的记忆》

77. 翁　一　《南疆札记》

78. 刘朝能　《记忆安化街》

79. 孙志明　《骡子肉》

80. 杨柳依（邓翠群）　《猪肠粉，记忆中的美味》

81. 陈　骥　《一碗苜蓿芽》

82. 李宗新　《小过瘾》

83. 左　军　《把一条弯曲的河流指认成绵延的乡愁》（诗歌）

84. 北　椽（刘文杰）　《草木深》（诗歌）

85. 杨汝海　《乡愁及其他》（诗歌）

86. 厉运波　《故乡辞》（诗歌）

87. 墨　菊（王维霞）　《大宗旱河》（诗歌）

88. 王志彦　《在酒韵中回味乡愁》（诗歌）